스물셋, 그리고 열한 발자국

스물셋, 그리고 열한 발자국

초판발행 | 2014년 5월 2일· 2쇄 2014년 5월 29일

지은이 | 정민경
발행인 | 박찬우
편집인 | 우 현
펴낸곳 | 파랑새미디어
디자인 | 전이림
본문 이미지 출처 www.flickr.com

등록번호 | 제313-2006-000085호
서울특별시 마포구 서교동 357-1 서교프라자 318
전화 | 02-333-8311
팩스 | 02-333-8326
메일 | adam3838@naver.com

가격 : 13,000원
ISBN : 978-89-93693-83-6 03810

스물셋, 그리고

열한 발자국

정민경 지음

평범함 속에 특별함을 찾은 열한명의 이야기.
나는 지난 일 년 동안 내 한 걸음, 한 걸음을
그 사람들의 이야기로 채웠다.

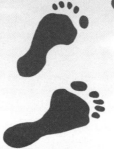

파랑새미디어

책을 읽기에 앞서..

이 책은 유명한 사람들의 이야기가 아니다. 이 책은 평범함 속에서 자신만의 특별함을 찾은 사람들의 이야기이다. 그리고 그 사람들을 만나온 나의 지난 일 년간의 이야기이다. 나는 지난 일 년 동안 내 한 걸음, 한 걸음을 그 사람들의 이야기로 채웠다.

꿈도 목표도 없이 그저 남들이 하는 대로 휩쓸리고 있던 나는 아르바이트 면접이라는 지극히 일상적인 사건을 통해 엄청난 깨달음을 얻게 된다. 바로 유명한 사람들, 성공한 사람들보다 이 세상을 더 풍요롭게 만드는 사람들이 있다는 사실이었다. 비록 눈에 띄지 않아도, 누가 알아주지 않아도 자신만의 가치를 찾아 스스로 빛을 내는 사람들이 있었다.

그들의 아름답고 반짝이는 삶의 모습은 아무것도 보이지 않는 깜깜한 어둠과 같았던 내 마음을 밝혀줄 수 있을 것 같았다. 결국 난 그들을 만나보기로 용기를 내었고, 지난 일 년간 열한 명의 사람들을 만나 인터뷰를 진행한 후 그 내용을 책으로 쓰게 되었다.

나는 처음부터 어느 부류의 사람을 만날지, 누구를 만날지 계획해놓고 인터뷰를 진행하진 않았다. 막연히 각자의 위치에서 열심히 살고 있는 열한 명의 사람을 만나봐야겠다는 생각 하나만을 붙잡고 그때그때 내 생각이 미치는 대로, 마음 가는 대로 헤쳐나갔다. 한 명 한 명 만날 때마다 나는 달라졌고 목표했던 11명을 다 만난 후, 나는 스스로 행복해지는 법, 빛나는 법을 알게 되었다.

'스물셋, 그리고 열한 발자국'은 인터뷰를 결심하게 된 나의 이야기, 그들을 찾아가는 과정, 그들과의 만남, 그리고 그들을 만나며 성장해가는 나의 모습으로 이루어져 있다. 인터뷰 형식이긴 하지만, 그 어떤 인터뷰 규칙에도 얽매이지 않았으며 인터뷰 질문 역시 내가 궁금해했던 것들과 그들의 삶이 최대한 잘 묻어나올 수 있는 것들로 구성하였다. 또한 개개인의 말투를 그대로 살리고자 했기에 구어체적 느낌이 강할 수 있다. 하지만 책을 읽는 다는 느낌보다는 누군가의 삶의 이야기를 듣는다는 느낌으로 책을 읽었으면 좋겠다.

다만, 책을 읽는 독자 여러분께 한 가지 양해를 구하고 싶은 것이 있다. 내가 그들을 만났던 때와 그들의 이야기가 책으로 나오기 까지 그 사이에는 일 년이라는 시간의 간극이 존재한다. 나는 내가 만났던 그 당시의 상황을 써내려갔기에 그로부터 일 년이 지난 지금, 그 사람들은 다른 모습으로 혹은 다른 위치에서 살아가고 있을지도 모른다. 하지만 그들이 어떤 모습을 하고 있건 그들이 가지고 있는 에너지나 태도는 변하지 않았으리라는 것을 믿기에, 나는 그들의 이야기를 소개하고자 한다.

정민경

꿈이 없다는 죄

꿈이 없다는 죄

지금 자면 꿈을 꾸지만, 지금 공부하면 꿈을 이룬다.

중고등학교 급훈으로 많이 쓰이는 문구이다. 중학교 2학년 때 우리 반 급훈도 저 문구였던 것 같다. 당시에는 참 멋있는 말이라고 생각했다. 하지만 만약, 지금 저 문구를 급훈으로 쓰고 있는 교실을 보게 된다면 그 반 담임선생님에게 한 마디 해주고 싶다.

"선생님네 반 모든 학생들의 꿈이 죽어라 공부해서 좋은 대학에 들어가는 것이어야만 합니까?!"

어릴 적 내 꿈은 좋은 대학에 들어가는 것이었다. 이왕이면 그 학교 최고의 학과로 입학하는 것. 지금 생각해보면 스스로가 안타까울 정도로 바보 같은 꿈이었다.

* * *

내 꿈이 좋은 대학이었던 이유? 난 그저 그렇게 자랐을 뿐이다. 초등학교 오학 년 때까지 다니던 피아노학원과 미술학원을 그만둔 이후부터 나의 청소년기는 오로지 좋은 대학을 가기 위한 생활들로만 이루어졌다. 학교, 학원, 집을 오가며 때로는 내 의지로 때로는 남에게 떠밀려 공부만 했다. 청소년에게 좋은 대학 외에 다른 꿈이 존재할 수 있다는 것은 생각도 못 해보았다. 난 정말 그렇게 자랐을 뿐이다. 아무도 내게 너의 꿈에 대해, 네가 정말 좋아하는 일에 대해 고민해보라고 말해주지 않았다.

어른들의 말씀에 따라 모든 하고 싶은 일들은 대학 입학 이후로 미룬 채 공부만 열심히 했다. 그리고 수능을 마치고 다들 그렇듯 점수 맞춰 대학에 들어갔다. 비록 내가 생각했던 학교와 학과는 아니었지만 그래도 열심히 해서 들어간 학교이기에 나는 내가 잘 지낼 줄 알았다. 막연히 꿈꾸던 행복한 대학생활을 즐길 줄 알았다.

그런데……
스무 살의 난, 전혀 행복하지 않았다…

대학 간판만 보고 들어간 학교였기에 학과 수업이 내게 맞을 리가 없었다. 학교에서 수업을 듣는 모든 시간이 스트레스였다. 책을 펼

쳐두고 수업을 들으면서도 대체 내가 왜 이 수업을 들어야 하는지, 이 공부를 왜 해야 하는지 알 수 없었다. 내 전공으로 앞으로 나의 진로를 결정해야 한다고 생각하니 덜컥 겁이 났다. 너무 생각 없이 입학했다는 생각에 가슴이 철렁했다. 시험 기간이 다가오면 나의 스트레스는 더욱 심해졌고 공부를 하다가도 책을 집어 던진 채 고개를 파묻고 흐느껴 울곤 했다.

학교생활도 마찬가지였다. 학과에 대한 사랑이 없으니 그 속의 사람들과 어울리는 것에도 마음이 동하지 않았다. 하지만 그렇다고 외톨이로 지내고 싶지는 않았기에 어떻게든 잘 어울리려고 나는 매일매일 즐거운 척, 행복한 척, 밝은 척 가면을 쓰고 지냈다. 그 가면이 진짜 내 모습이기를 바랐다. 하지만 하루를 마치고 집으로 돌아와 잠자리에 누워 내 가면이 벗겨지는 순간, 나는 지친 마음에 눈물을 글썽이다 잠이 들었다.

어디론가 떠나고 싶었다. 가슴이 답답해 미칠 지경이었다. 하지만 여행조차 갈 수 없었다. 여자라 위험하다는 이유로 내 통금은 열 시였고, 외박은 꿈에도 못 꿨다. 대학에 들어가면 내 등에 날개가 달릴 줄 알았는데, 도리어 족쇄가 채워졌다. 내 마음을 표현할 용기도 없었던 나는 그렇게 점점 곪아 갔다.

왜?

대체 뭐가 잘못된 거지?

성실하게 잘 지내왔는데 가장 행복할 줄 알았던 시기에 나는 대체 왜 이렇게 불행한 거지?

어쩌면 마음속 깊은 곳에서 아주 예전부터 알고 있었던 사실.

그렇지만 내가 애써 외면했던 사실.

나에게는 목표가 없었다.
꿈이 없었다.
열심히 살아야 할 이유가 없었다.

그동안 '나의 꿈'에 대해 고민해보지 않은 죄에 대한 대가는 너무 컸다. 벌은 내가 받고 있는데 그 죄는 정말 나만의 것인 걸까? 꿈은 대학에 들어간 이후에 찾으라고들 했다. 대학에 들어간 이후에 다양한 경험도 하면서 내가 좋아하는 일을 찾으라고들 했다, 글쎄…? 중고등학교 교실에 서 있는 선생님이나 대학 강단에 서 있는 교수님이나 입에서 나오는 말은 다 똑같은데. "공부 열심히 해라."

꿈을 꿔보지 않은 사람은 당연히 어떻게 꿈을 찾아야 하는지 그 방법조차 모른다. 대학에 들어간 후 꿈이 생길 거란 생각은 오산이다. 꿈이 없던 사람에게 갑자기 꿈이 생길 만큼 꿈이라는 것은 결코 쉬운 존재가 아니었다.

나는 어떻게든 내가 처한 상황에서 벗어나고 싶었다. 하지만 내가 할 줄 아는 것은 '공부'밖에 없었고 결국 난 늘 그래왔던 것처럼 '공부'를 선택하게 되었다. 행정고시를 준비하기 시작한 것이다. 일단 붙기만 하면 나는 한 번에 높은 자리까지 갈 수 있기에 그 자리가 나를 빛내줄 것이라고 생각했다. 그래서 그냥 내 꿈으로 정해버렸다.

스물하나. 나는 행정과는 정말 아무 상관이 없는 학과의 학생이었기에 행정고시 공부를 하기에는 좋지 않은 환경에 놓여있었다. 때문에 행정고시 준비에 유리한 행정학과로 편입하기로 마음먹었고 학원을 다니며 편입준비에 매진하게 되었다. 하지만, 어쩌면 아주 당연한 것인데, 의욕이 없었다. 공부를 하다 보니 또다시 의문이 생기기 시작했다. 내가 정말 편입을 해서 행정고시를 붙어 5급 사무관이 된다면 행복할까? 정말 내가 좋아하는 일일까?

악순환의 반복이었다.

그런데도 나는 그만둘 수 없었다. 편입공부를 그만둔다고 해서 당장 나를 위해 할 수 있는 일이 없었다. 그래서 그냥 했고, 당연한 결과로 나는 떨어졌다.

학생들에겐 꿈을 꾸는 것이 먼저다. 내 꿈에 맞춰 대학이 선택되어야 한다. 꿈이 없는 학생은 결코 행복하지 않다.

* * *

스물둘. 대학을 다니는 내내 아무것도 해 놓은 것이 없었다. 하지만 나를 더 슬프게 했던 것은 내게는 여전히 목표가 없다는 사실이었다.

나는 정말 내가 어떤 사람인지 알고 싶었다. 내가 좋아하는 일은 어떤 것인지, 내게는 어떤 뚜렷한 재능이 있는지, 앞으로 어떻게 살아가야 할 것인지 작은 실마리라도 얻고 싶었다. 나는 나의 고민에 대한 해답을 얻기 위해 자기계발서나 성공스토리를 찾게 되었다. 꿈을 이룬 사람들이 어떻게 그 꿈을 이루게 되었는지를 접하다 보면 나도 내 꿈을 찾을 수 있을 거라 생각했기 때문이다.

하지만 성공했다는 사람들의 이야기는 상당히 막연했다. 어떻게 그런 마인드를 갖게 되었는지, 어떻게 저런 행동을 할 수 있는지 그 사이사이의 과정에 관해서는 말해주지 않았다. 과연 그 사람들은 처음부터 그 성공의 요소라는 것들을 알고 있었다는 것일까? 분명 평범한 사람이었던 것 같은데 저렇게 성공한 것을 보면 떡잎부터 나와 다른 특별한 사람들인 건가? 좋아하는 일을 일찍부터 찾은 행운아이겠구나.

그렇다면 나는? "우리도 성공했으니 우리 이야기를 듣고 여러분들도 성공하십시오"라고 떠들어대던 것들을 실컷 다 듣고 흥분된 마음을 주체하지 못하는 나는? 나의 꿈은? 지금 나의 현실에서, 지금 나의 상황에서 당장 무엇부터 실천하라는 거지? 책 한 권 읽은 후, 혹은 강연 한번 들은 후 내 마음은 이미 에너지로 꽉 찼는데, 그 에너지를 어디로 분출하라는 거지?

성공스토리들은 매번 내게 따끔한 자극을 주었지만 정말 잠시뿐이었다. 얼마 지나지 않아 그 이야기들은 곧 내 머릿속에서 사라져갔고 나는 또다시 내게 주어진 현실 앞에 남들이 가는 대로, 가라는 대로 휩쓸리고 있었다…

그러던 어느 날이었다. 나는 그저 멍하니 TV 리모컨 채널만 돌리

며 시간을 축내고 있었다. 재미있는 프로그램도 없었지만 혹시나 하
는 마음에 리모컨을 손에서 놓지 못하고 있었다. 그런데, 그 수많은
프로그램 중 내 눈과 귀를 사로잡는 프로그램이 하나 있었다.

바로, 그때 당시 가장 잘 나가고 있던 한 스타강사의 강연이었다.
따끔한 독설과 솔직한 이야기로 방송 한 번에 일약 스타가 된 강사
였다. 그리고 그 사람의 이야기는 나를 움직였다.

"무얼 할지 모를 때는 돈이 되는 일부터 해라."

그동안 "꿈을 가져라", "열정을 가져라." 등등 뜬구름 잡는 이야
기만 들었던 내게 그 사람의 실질적이고 구체적인 조언은 마음에 와
닿았다. 사실 그동안 나는 그 흔한 아르바이트도 한번 안 해봤다. 구
직 사이트에서 몇 번 찾아는 봤어도 실제로 돈을 벌어본 적은 한 번
도 없었다. 강사의 말은 내 상황에 딱 맞는 말이었다. 편입이 떨어지
고 정말 무얼 할지 모르고 있던 나는 지푸라기라도 잡는 심정으로
아르바이트를 구하기 시작했다. 남들은 그렇게 쉽게 구하길래 나도
금방 구할 줄 알았다. 하지만 대학교 삼 학년이 되도록 아르바이트
경험이 전무한 나를 업주들은 원하지 않았다. 나는 정말 우물 안 개
구리였던 것이다.

그런데 정말 신기하게도 어느 날, 내 머릿속에서 무언가 팡 터졌
다. 그 강사의 말은 거짓이 아니었다.

아르바이트를 구하러 동네 피자헛에서 면접을 보러 가게 되었다.
몇 주 사이 여럿 건의 아르바이트 면접을 보다 보니 사장이나 점장
이라는 분들이 얼마나 콧대를 세우는지 잘 알게 되었다. 때문에 나

는 더욱더 고용주에게 '잘' 보이기 위한 몸과 마음의 준비를 하고 피자헛으로 향했다.

피자헛에 도착하여 본격적으로 점장님을 만나기 전 그 밑에 직원분과 먼저 이야기를 나누게 되었다. 그런데 다른 여러 면접에서 내가 받은 느낌과는 사뭇 달랐다. 음료수를 한잔 건네며 그 직원은 피자헛에서 일할 때의 힘든 점과 좋은 점을 차분히 이야기해주었다. 들어와서 어떤 일부터 하게 될지를 설명하며 내가 할 수 있는 일인가를 잘 고민해보고 결정하라는 식이었다. 또한 근무시간 역시 다양한 형태를 제시하며 내가 가장 일하기 편한 시간과, 가장 급여를 많이 타갈 수 있는 방향으로 생각해 보라 하였다. 일방적으로 알바생을 매장에 맞추려고 했던 그전의 가게들과는 확실히 달랐다. 그리고 잠시 뒤 점장님을 뵙고 나서야 그 직원의 그런 배려 깊은 태도를 이해할 수 있었다.

그곳 점장님은 마음과 귀를 열고 있는 분이셨다. 피자헛에는 나보다 어린 직원들도 많았는데, 그래서 그런지 점장님은 어린 사람들의 마음을 잘 이해해 주려 노력하시는 것 같았다. 점장님과 대화를 하면서 나는 내가 면접을 보고 있는 상황이라는 것을 거의 인식하지 못한 것 같다. 점장님과의 대화가 정말 즐거웠다. 꽤 여러 이야기를 하던 중 나는 서비스직에서 일하다 보면 피곤한 손님도 많이 만나지 않느냐고 여쭤보았다. 그랬더니 점장님께서는

"들어올 때부터 좋은 손님, 나쁜 손님은 없어요. 그건 제가 만드는 거예요. 손님이 말을 너무 막 하시거나 하면 저도 솔직히 사람인데 기분은 나쁘죠. 근데 저는 그런 손님께는 오히려 과장에서 더 친

절하게 대해요. 그러면 들어오실 때 나쁜 손님도 나가실 땐 웃으면서 착한 손님이 되어 나가세요."

순간, 머릿속에 종이 울렸다.
깨달음이란 이런 것일까?
더 깊은 생각을 할 겨를도 없었다.

"저 이런 말 듣는 거 좋아하는데 언제 한번 얘기 들으러 와도 돼요?!"

생각을 앞질러 튀어나온 말이었다.

그동안 나는 처음부터 좋아하는 일을 찾은 사람들만 보고 있었다. 자신의 꿈을 잘 찾아 끊임없는 열정으로 그 꿈을 이룬 사람들. 성공했다 일컬어지는 사람들. 하지만 세상에는 그보다 더 멋있는 사람들이 있었다.

평범함 속에 자신만의 특별함을 찾은 사람들.

나는 그 특별함이 궁금해졌다.
똑 같은 일을 하더라도 남과 다르게 임할 수 있는 이유.
사소한 일임에도 남에게 감동을 줄 수 있는 이유.
그리고 스스로 빛을 낼 수 있는 이유.

그래서 결심했다. 그들을 만나보기로.

무작정, 첫걸음

현재 이 시간에 최선을 다한다면 뭐가 되든 되긴 해요.

피자헛 점장 심재훈

무작정 첫 걸음.

"여보세요."

"안녕하세요. 저는 저번에 알바 면접 갔을 때 뵈었던 정민경이라고 합니다."

"아 예 안녕하세요."

"제가 전화를 드린 이유는 다름이 아니라 제가 점장님께 인터뷰를 요청해도 될까 해서요."

"저를요? 아니 저를 왜요?"

"제가 책을 쓰려고 계획 중인데, 저번에 면접 볼 때 좋은 말씀을 많이 해주셔서, 점장님의 이야기를 제 책에 싣고 싶어서요. 잠깐 시간 내주실 수 있으세요?"

살면서 단 한 번도 '인터뷰'라는 것을 해보지도 받아보지도 못한 내가 피자헛 점장님께 인터뷰 요청 전화를 하기 전까진 상당한 시간이 필요했다.

*　*　*

피자헛 점장님과의 만남은 내 안에 작은 불꽃을 피워주었고 그 불꽃은 마음속 어딘가 잠들어 있던 열정이라는 엔진을 깨우기 시작했다. 나는 그 불꽃이 꺼지기 전 무언가를 하고 싶었다. 하지만 도통 어디서부터 시작해야 할지 감이 안 잡혔다. 점장님을 통해 막연히 '인터뷰'라는 것을 생각하게 되었지만 인터뷰를 해서 무얼 해야 할지 계획도 없었다. 과연 어느 누가, 단지 내가 궁금하다는 이유로 다짜고짜 아무 목적 없이 인터뷰를 해 달라 했을 때 승낙을 해줄까? 그래서 처음에는 인터뷰 내용을 블로그에 올리려고 했다. 그런데 나의 계획을 들은 우리 친오빠는 이왕 할 거 블로그가 아닌 책으로 내보라고 말해주었다. 블로그보다는 책으로 만들어 보는 것이 더 큰 경험이 될 것이라면서.

오빠의 조언에 따라 인터뷰를 한 후 그 내용을 책으로 엮을 계획을 구상하게 되었다. 사실 지금 와서 생각해 보면 '모르는 게 약'이라는 말이 딱 맞았던 것 같다. 그때는 오빠가 너무 쉽게 이야기를 하기에 '책을 출간한다'는 것이 어떤 작업인지, 어떤 의미인지 전혀 알지 못했기 때문이다. 아마 알았다면 '절대' 시도하지도 못했을 것이다.

어쨌든 그렇게 나는 인터뷰와 책에 관한 계획을 세우게 되었는데,

첫 단계부터 만만치가 않았다. 내가 만나고 싶은 사람은 평범함 속에서 자신만의 특별함을 찾은 사람들인데, 알려지지 않은 숨은 보석을 찾아야 한다 생각하니 상당히 막막했다. 그래서 무작정 떠오르는 사람들을 한번 써보았다.

환자를 진심으로 대하는 간호사.
'간호사들 중엔 환자가 그저 일거리인 사람이 수두룩하다.'
항상 웃음으로 손님을 대해주는 친절한 버스기사.
'내가 만난 버스기사들은 항상 무언가에 지쳐있는 얼굴을 하고 있었다.'
창업에 성공한 20대.
'모두가 대기업 취직! 이라 외칠 때 자기 길을 걸어가는 사람은 어떻게 그런 선택을 할 수 있었을까?'
자기 일을 사랑하는 직장인.
'돈이 아닌 일에 대한 사랑으로 회사를 다닌다는 것은 정말 엄청난 일이다.'
생명을 구하기 위해 불길 속으로 뛰어드는 소방관.
'목숨이 왔다 갔다 하는 소방관은 대체 어떤 사람들이 하는 것일까?'
은퇴 후 제2의 인생에 도전하시는 50~60대.
'은퇴 후 멋있게 제2의 인생을 꾸려나가시는 분들은 진짜 멋있다.'

이렇게 써 놓고 보니 더 막막했다. 어떻게 그 사람들을 찾아서 검증할 수 있을까? 병원에서 아르바이트를 해봐야 하나? 회사 사무실에 무작정 쳐들어가 설문지를 돌려볼까? 인터넷 검색을 하면 나오려나? 주변 사람들한테 물어볼까?
어떻게 사람들을 만날 수 있을까에 대해서 또 오빠한테 물어보았더니 오빠는 하다 보면 길이 보일 거라면서 일단 피자헛 점장님부터 해보라고 말해주었다. 아는 것도, 가진 것도, 경험도 없는 난 결국 오빠의 말 한마디만 믿고 일을 저지르게 되었다.

인터넷에서 그 피자헛 지점의 전화번호를 찾아 핸드폰에 번호를 누르고 정말 한참을 망설인 끝에 간신히 통화버튼을 눌렀다. 전화하는 것 자체가 그렇게 떨릴 수 있다는 것은 그때 처음 알았다. 신호음이 가기 시작하고…

"여보세요."

"안녕하세요. 저는 저번에 알바 면접 갔을 때 뵈었던 정민경이라고 합니다."

"아, 예 안녕하세요."

"제가 전화를 드린 이유는 다름이 아니라 제가 점장님께 인터뷰를 요청해도 될까 해서요."

"저를요? 아니 저를 왜요?"

"제가 책을 쓰려고 계획 중인데, 저번에 면접 볼 때 좋은 말씀을 많이 해주셔서, 점장님의 이야기를 제 책에 싣고 싶어서요. 잠깐 시간 내주실 수 있으세요?"

"무슨 책이에요? 학교에 내는 리포트 같은 건가요?"

"그런 건 아니고 제가 개인적으로 하는 건데, 지금 자기가 하는 일을 열심히 하시는 분들을 찾아뵙고 그분들의 인터뷰 내용을 묶어 놓은 책을 계획하고 있어요. 자세한 이야기는 만나서 더 해드릴게요."

"아 예 뭐 그러세요. 이번 주는 제가 안 되고 다음 주 화요일 두 시부터 시간이 좀 나는데 그때 오시겠어요?"

"네. 다음 주 화요일 두 시에 갈게요. 감사합니다!"

며칠을 고민해서 큰 맘 먹고 한 행동은, 전화 통화 일 분만에 끝나 버렸다.

전화를 끊은 후, 내 심장은 그전보다 몇 배로 더 쿵쾅거렸다. 갑자기 정신이 하나도 없어졌다. 순식간에 어떤 일이 벌어진 느낌이었다. 손에 쥔 핸드폰을 한동안 멍하니 바라보았다. 생각을 실천으로 옮긴다는 것. 생각만큼 큰일은 아니었다.

그렇게 첫 인터뷰 섭외를 마치고 나는 약간의 불안감과 알 수 없는 흥분을 느꼈지만 정신을 차리려 애쓰며 다음에 할 일을 생각해보았다. 인터뷰 섭외에 성공했으니 이제 인터뷰 질문지를 만들 차례였다. 내가 점장님께 궁금한 것은 그분의 마인드인데, 어떻게 해야 그 이야기를 끌어낼 수 있을까. TV 프로그램을 보면 MC들은 정말 재미있고 자연스럽게 대화를 이끌어 가던데… 그렇다면 그 사람들을 보고 배워보아야겠다.

그리고 선택한 것이 평소에도 즐겨 보던 '백지연의 피플 인사이드.' 종이와 펜을 들고 인터뷰의 흐름을 분석하며 보았다. 김기덕 감독 편이었는데 대화가 자연스럽게 흘러가는 듯하면서도 그 안에는 정말 흐름이 있었다. 그다음 선택한 것은 '강호동의 무릎팍 도사.' 이 프로그램도 처음에는 분명 펜을 들고 보고 있었는데, 어느 순간 나는 펜을 놓은 채 깔깔거리며 화면 속에 푹 빠져있었다.

평소, 게스트에 집중을 하면서 보던 것과 달리 MC들에 집중하며 보다 보니 새삼 토크쇼 MC들의 대단함을 느꼈다. 굉장히 자연스럽고 편안하게 게스트의 이야기를 이끌어내면서 동시에 시청자들을 위한 재미까지 놓치지 않았다. 토크쇼 MC와 게스트 역시 서로 초면인 경우도 상당할 텐데, 상대방의 깊은 이야기까지 끌어내는 능력이

경이로웠다.

몇 개 더 볼까 하다가 백 번을 봐도 일단 해보지 않으면 별 소용이 없을 것 같단 생각이 들었다. 오히려 내 자신감만 더 낮아지게 될 것 같았다. 나는 나이도 어리고 경험도 없는데 앞으로 내가 만나고자 하는 사람들의 이야기에 어떻게 공감할 것이며, 한참 어린 나에게 과연 자신의 이야기를 털어놓을지에 대해서도 걱정이 되었다. 하지만 이미 일은 저질러 놓았으니 이제 와 포기할 수도 없는 노릇이었다. 그래서 일단은 해보기로 마음먹었다. 처음부터 잘하는 사람이 어디 있겠어.

섭외도 하였고, 인터뷰를 어떻게 해야 할지도 정말 대략적으로 감만 잡은 후 인터뷰 질문지를 만들어 보았다. 현재 내 수준에서는 아무리 고민해도 잘 만드는 데는 한계가 있다는 것을 알기에 부담 없이 내 방식대로 만들었다. 그렇게 내 나름대로 약 열 개 정도의 질문을 만들었다.

그 다음 또 무슨 준비가 필요할까? 인터뷰를 잘하려면 제대로 된 질문을 하는 것도 중요하겠지만 잘 듣는 것도 중요하다는 것을 토크쇼를 보면서 느낄 수 있었다. 나는 잘 들어주는 사람인가? 모르겠다. 잘 들으려면 어떻게 해야 되지? 모르겠다. 그렇다면 잘 듣는 법에 관한 책을 읽어 보자. 그렇게 나는 경청에 관한 책을 골라 읽었고 책의 내용은 상당히 도움이 되었다.

이렇게 현재 내가 생각해 낼 수 있는 인터뷰 준비가 끝이 났다. 녹음기는 아직 없으니 핸드폰의 녹음기능을 이용하기로 했다.

인터뷰 날짜를 기다리며 나는 처음으로 내 삶의 주인이 된 느낌을 받았다. 누가 시켜서, 해야 되니까, 어쩔 수 없이 했던 지금까지의 일들과는 달리 순전히 나의 의지로 앞으로의 상황을 만들어 갈 것이라고 생각하니 기쁘면서도 두려웠다. 내가 어느 길을 밟았는지, 그 길이 어떤 길인지, 그 끝엔 무엇이 있을 진 사실 모르겠다. 일단, 조금씩 가보기로 했다. 나의 간절함이 내게 보여준 흐릿한 길이니 용기를 내보기로 했다.

드디어 인터뷰 당일! 옷 단정하게 입고, 화장 곱게 하고 출발!
두근두근 콩닥콩닥 가슴이 미친 듯이 뛰네.. 떨지 말자. 처음에는 못 하는 게 당연한 거지만 그래도 내 스스로 주문을 걸자. 잘할 수 있다. 잘할 수 있다. 잘할 수 있다!!!
피자헛 문을 열기 전, 다시 한 번 거울로 내 얼굴 확인을 하고 드디어…

"안녕하세요. 피자헛입니다. 몇 분이세요?"
"저… 심재훈 점장님을 만나 뵈러 왔는데요."

심재훈 점장은 대학교 4학년 졸업을 앞두고, 소위 친구 따라 강남 간다는 식으로 피자헛에 입사지원서를 냈다. 그 결과 피자헛에 입사 하고 싶어 하던 친구는 떨어지고 그저 친구 따라 원서를 냈던 심재 훈 점장은 취업이 되는 웃지 못할 상황이 벌어졌다.

그렇게 시작된 피자헛에서의 입사 생활은 어느덧 올해로 십 년이 되었고 이제는 어엿한 한 지점의 점장이다.

민경: 피자헛이 들어오고 싶어서 들어온 직장은 아니었네요. 처음에 일은 어떠셨어요?

처음에는 엄청 힘들었어요. 내가 여기서(피자헛) 관리자가 되려면 일도 잘해야 하고 다른 사람을 가르칠 줄도 알아야 하는데, 내가 아 는 것이 없으니까 초반에는 많이 힘들었어요. 이 일이 나와 안 맞나 라는 생각을 많이 했어요. 직원으로서, 준 관리자로서 일정한 책임 을 지고 권한을 가지고 일하는 것은 아르바이트와는 다르더라고요. 나는 그저 맛있는 음식을 드리고 웃으면서 손님을 대하면 되는 줄 알았는데, 그것 외적으로도 신경 써야 될 부분이 많더라고요. 또 내 가 안 해보던 일이니까 처음에는 생소한 부분이 많아서 힘들었어요.

하루는 같이 일하던 선임 분이 내가 일을 잘못하니까 그런 식으로 할 거면 그만두라고 하시더라고요. 그 말 듣는 순간 나도 모르게 오 기가 생겼어요. 아, 여기서 내가 이것도 못 참고 나가면, 과연 다른 데 가서 다른 일은 참고 잘 할 수 있을까? 그 순간 내 스스로 한번 생 각을 해봤어요. 내가 정말 여기에 올인 했었나. 내가 실력이 없다는 것을 알면서도 정말 내 모든 것을 투자해서 열심히 하려고 노력을 했었나 하는 생각을 했을 때, 최선을 다하지는 않았다는 생각이 들었어요. 그래서 한번 내 능력의 100%까지 발휘해보고 그래도 안 되면 그때 나가자고 결심하게 됐죠. 그리고 그것도 안 해보고 나가면 후회할 것 같은 거예요.

민경: 그래서 어떻게 하셨나요?

피자헛에는 직원용으로 가이드라인책자가 있어요. 그 피자헛 가이드라인책자를 하루 종일 옆구리에 끼고 살았어요. 그게 매장마다 한 권씩 있는데, 오죽했으면 다른 직원들이 그 책자를 찾다가 없으면 나한테 와서 달라고 할 정도였어요. 물론 그걸 볼 때도 있고 안 볼 때도 있지만, 그 책자를 항상 들고 다니면서 일을 하다가 이상한 게 있으면 찾아보고, 모르는 게 있으면 찾아보곤 했어요. 그렇게 하다 보니까 한 달 두 달 아는 것이 늘어나게 되고, 아는 것이 생기다 보니 아이들에게도 잘못된 부분을 알려줄 수 있게 됐죠. 내가 알려줄 수 있게 되니까 다른 아이들이나 직원들이 나를 믿고 따르게 되더라고요.

그때는 몰랐는데 일을 하다 보니 팀원들이 나를 신뢰한다는 것이 정말 중요하더라고요. 혼자 일하는 게 아니잖아요. 내가 물론 지금은 여기 점장이긴 하지만, 나 혼자 잘났다고 이 매장의 매출이 올라가고 서비스가 좋아지는 것은 아니거든요. 결국에는 나와 같이 일하는 팀원들이 다 잘해 줘야 매장이 잘 돌아갈 수 있는 거고, 그렇게 되려면 내가 팀원들에게 신뢰를 받아야 해요. 신뢰를 받으려면 내가 팀원들보다 많이 알아야 하고요. 그렇게 적응을 하다 보니 그 이후로는 순탄하게 일을 할 수 있게 됐어요.

민경: 처음엔 일이 잘 안 맞았지만 그래도 열심히 해보자 마음먹고 일을 계속 하셨고 그것이 어느덧 10년이 되셨는데, 열심히 하니까 일이 재미있어지고 좋아지나요?

나도 그때는 좀 잘못 생각했던 게, 초반에 제 목표는 그냥 '입사'였던 거예요. 요즘 대학생들, 대학 입학하면 그냥 논다고들 하잖아요. 그게 왜 그러냐 하면 학생들이 대학 입학만을 목표로 했기 때문이에요. 막상 대학에 입학하고 나니 할 일이 없어지니까 갑자기 공허해지는 거죠. 그게 잘못된 거거든요. 내 목표가 단순히 대학 입학이 아니라 더 큰 목표라면, 혹은 대학 입학이라는 그 목표를 달성했을 때 바로 다음 목표를 세운다거나 하면 괜찮았을 텐데 말이죠. '나도 그때 당시에는 어디든 취직이나 하자'라고 생각했었어요. 하지만 막상 취직이 되고 나니, 이제 무엇을 해야 될지 모르겠더라고요.

민경: 네. 진짜 그래요. 공허함… 저도 대학교 들어가서 그 공허함 때문에 정말 힘들었거든요. 점장님은 그럼 이후에 목표가 생기셨어요?

그래서 한 매장의 점장은 해 보자, 그때까지 열심히 해보자 라고 마음을 먹었어요. 직장인들의 최대 로망은 승진이잖아요. 그렇게 목표가 생기고 나니까 어떻게 일을 해야 될지에 대해 생각하게 되더라고요. 점장이 되려면 어떻게 일해야 되지? 점장처럼 일해야 한다고 생각했어요. 그래서 내가 롤 모델로 삼을 만한 점장을 찾아서 그 사람 일하는 것을 보면서 그 사람을 똑같이 따라 하기 시작했어요. 그 사람이 만약 한 시간 전에 출근하면 나도 한 시간 전에 출근하고, 한 시간 전에 출근해서 그 사람이 무얼 하는지를 관찰하면서 그것을 계속적으로 똑같이 따라 했어요. 처음에는 그 사람만큼의 내공이 없음에도 그 사람과 똑같이 행동하려 하니까 정말 힘들더라고요. 하지만 지치지 않고 계속 하다 보니 어느 순간 그것이 내 몸에 베이기 시작했어요.

그렇게 내 몸에 그런 행동들이 베이다 보니 저에 대한 평가가 달라졌어요. 점점 좋은 소리가 들리더라고요. 내가 사장이 되고 싶으면 사장처럼 행동하면 돼요. 물론 그것이 한계가 있을 순 있겠지만 그 사람을 따라 하다 보면 스스로 성장함과 함께 또 자기만의 노하우도 생기게 돼요. 그렇게 제 스스로 성장을 꾀하다 보니 저에 대한 평가도 달라졌고, 다른 매장으로 승진해서 옮겨 가게 되었어요. 그 때부터 하면 되는구나 하는 생각이 들었고, 목표였던 점장도 될 수 있었죠.

민경: 정말 자기 마음가짐에 따라 할 수 있는 일이 달라지는 것 같아요. 목표를 달성 하셨는데, 그럼 다음 목표도 정해두셨나요?

점장이 되고 나니까 또다시 공허해지더라고요. 그래서 점장보다 한 단계 위인 에어리어 코치(7~8개의 지점을 관리하는 사람)가 되고자 목표를 세웠어요. 그래서 그분들처럼 일하려고 하는데 쉽지가 않네요. 올라가면 올라갈수록 힘들어지는 것 같아요. 그분들이 일하는 모습을 볼 수 없어서 힘든 것이 아니라, 내가 점장이 되려고 할 당시에는 아는 게 별로 없었으니까 배워가는 입장이었잖아요. 그런데 지금은 나도 아는 것이 어느 정도 있고 한 매장을 관리 하면서 배우려 하다 보니 쉽지 않더라고요.

그래서 요즘엔 내가 그분들의 배울 점을 본받는 것도 중요하지만,

내가 가지고 있는 나만의 능력을 잘 개발해서 나를 차별화시키는 것이 더 좋지 않을까 하는 생각을 해요. 차별화된 나를 보여주는 것도 나의 능력을 인정받는 하나의 방법이 될 수 있으니까요.

'어디든 취직이나 하자, 공무원시험이나 보자, 그 길 끝엔 점장님이 겪었던 그런 고통이 있었을 것이다. 처음 만난 사람, 그분은 내게 내가 가지 않은 길을 보여주고 있었다.'

민경: 서비스업에서 일하다 보면, 비가 오나 눈이 오나 개인적인 사정이 있거나 항상 미소를 유지 하셔야 하는데 그것도 정말 쉽지 않으시겠어요.

그게 제일 힘들어요. 저도 사람인지라 항상 좋은 기분을 유지하려고 노력은 하지만 그렇지 못할 때도 있거든요. 저는 몸이 아프거나 컨디션이 좋지 않은 날에는 제 표정에 더 많이 신경을 써요. 왜냐면 나는 웃고 있다고 생각해도 막상 거울을 보면 거울 속의 '나'는 무표정일 때 많거든요. 특히 한국 사람들은 더 그런 것 같아요. 그래서 저는 일부로 입을 벌리고 다닐 때도 있어요. 또 기분이 안 좋을 때는 기분 좋은 생각 많이 하고, 팀원들과 관계가 안 좋을 때는 서로 얘기를 많이 하려고 해요. 그런데도 만약 정 힘든 날이라면, 홀에 올라와서 하는 일보다는 다른 일을 찾아서 하죠.

민경: 반말을 한다든지 꼬투리를 잡는다든지, 진상 손님도 많을 것 같은데 나름의 대처법이 있나요?

그 손님께서 여기서 식사하신다는데 제가 손님을 가려 받을 수 있는 것도 아니고, 그 부분은 제가 어떻게 할 수는 없어요. 저는 그런 손님께는 일부로 더 자주 가서, 더 친절하고 더 정중하게 손님을 대해요. 그러면 대부분의 손님은 처음에 보여주었던 태도를 바꿔요. 물론 끝까지 안 그러시는 분들도 있지만.

저는 피할 수 없다면 즐기라고 가서 부딪치면서 일을 해요. 피하다 보면 일이 더 커지거든요. 그러다 보니 저만의 노하우도 생겼어요. 그런 손님들의 대부분은 자신의 얘기를 하고 싶어 하세요. 그런데 만약 우리가 그것을 못하게 하면 문제가 생기는 거죠. 손님이 들어올 때부터 기분이 안 좋다던가, 음식이나 서비스에 불만이 있다든가 한다면 그 사람이 하는 말을 끝까지 다 들어줘야 해요. 예를 들어, 손님이 주문을 하는데 저희가 봤을 땐 더 비싸게 주문을 하시는 경우가 있어요. 그러면 보통의 친구들은 손님 그렇게 하지 마시고요 하면서 중간에 말을 끊고 들어가요. 하지만 저는 중간에 끊지 않고 그 사람의 얘기가 끝날 때까지 기다려요. 얘기를 다 들은 후에, "손님 그렇게 주문하셔도 되긴 하는데요, 이렇게 주문하면 더 저렴한데 이건 어떠세요?"라고 여쭤보죠. 하지만 만약 그 사람이 얘기하는데 제가 중간에 끊고 들어가면 아무리 손님한테 좋은 쪽의 얘기라도 그 손님은 중간에 말을 끊었다는 것에 기분 나빠 하세요. 이 점은 제가 아래 직원들에게도 항상 당부하는 부분이에요

민경: 피자헛에서 일하시면서 가장 보람을 느낀 순간은 언제인가요?

손님이 나가시면서 맛있게 먹고 간다고 말하는데, 그것이 진심임이 느껴질 때요. 그런 진정성이 느껴지면 기분이 좋기 전에 소름부

터 쫙 돌더라고요. 아, 내 마음을, 나의 친절함을 저 사람이 알아주었구나. 저 사람과 내가 통했구나를 느끼면서 힘든 것도 잊게 되고 보람도 많이 느껴요.

손님은 큰 것을 바라는 것이 아니에요. 손님은 이 사람이 나를 생각 해주는구나, 나를 배려해주는구나를 느꼈을 때 어떤 작은 감동을 받는 것 같아요. 감동을 받은 손님은 그 주변 지인에게 그 음식점에 대해 좋은 평가를 내리게 되고, 이것이 구전효과라 해서 점점 그 음식점으로 사람이 몰리게 하는 원동력이 되죠. 솔직히 음식점 장사는 단골을 많이 확보해야 잘 되거든요. 단골을 많이 확보하려면 물론 음식 맛도 좋아야 하지만 손님들이 와서 좋은 경험을 많이 하고 가야 해요. 그래서 우리도 손님들이 피자헛에 왔을 때 좋은 경험을 할 수 있게끔 최고의 서비스를 제공하려고 노력하는 거고요. 근데 저는 이런 점은 모든 영업 관련 부문에서는 다 같을 것이라고 생각해요. 고객이 와서 무엇을 소비 하냐의 차이일 뿐이지, 고객한테 서비스하는 면에 있어서 큰 틀은 다 같아요. 제가 그 사람을 감동시켜야 하니까요.

민경: 요즘 취업난이 심각하잖아요. 스펙이 빵빵한 선배들도 취업에 성공한 사람이 드물더라고요. 하지만 일각에서는 취업난이라는 것은 대기업 취업난을 말하는 것이다, 대학생들 너무 눈이 높다는 말도 있던데 이런 점에 대해서는 어떻게 생각하시나요?

요즘 보면 스펙 쌓기 한다고 외국 나가서 봉사활동도 하고, 어학연수는 필수고, 토익 토플 등등 한도 끝도 없는 것 같아요. 나 때는 어학연수 한번 갔다 오면 그걸로 올킬이었는데. 그런데 그 스펙이라는 게 남이 안 가지고 있는 것을 가져야 스펙이지, 남들이 다 가지고 있는 것은 스펙이라고 할 수 없어요.

저는 그런 거(스펙 쌓기) 할 시간에 차라리 경험을 많이 쌓았으면 해요. 아무리 똑똑하고, 많이 배운 사람이라고 해도 경험이 많은 사람을 이길 수는 없거든요. 남들 다 가지고 있는 토익, 토플 성적이 과연 내가 남들과 다르다는 것을 보여줄 수 있을까요? 경쟁에서 이기려면 나만의 차별성을 가지고 있어야 해요. 남들과 똑같은 무기를 가지고서는 남들을 이길 수 없어요. 하지만 좀 더 색다른 무기를 가지고 나를 차별화 시킨다면 분명 경쟁에서 이길 수 있을 거예요.

요즘 애들 취업 때문에 힘들어 하는 것을 보면 안쓰러워요. 조금만 자신의 시선을 다른 곳으로 옮기면 할 수 있는 것들이 정말 많은데. 너무 대기업 취직에만 목매면서 내 인생의 목표가 대기업취직이 되어버린 것 같아 안타까워요. 대기업에 들어가서 대기업으로 끝나는 사람은 별로 없어요. 지금 당장의 것에 연연하기보다는 내가 앞으로 삼십 대, 사십 대 때는 어떤 것을 가지고 싶다, 어떤 사람이 되고 싶다 등의 좀 더 큰 목표를 세운다면 현재 내가 어떻게 살아야 할지에 대해 다시 한 번 생각해 볼 수 있지 않을까 싶어요.

민경: 그렇다면 아까 점장님의 목표는 승진이라 하셨는데, 그 이후에 대해서도 생각해 두신 게 있으신가요?

요즘은 평생직장이라는 개념이 많이 흐릿해지고 있기 때문에 다음 나의 직장, 나의 다음 생애주기에 관한 고민을 많이 하고 있어요. 물론 내가 현재 하는 일을 싫어하는 것은 아니지만, 내가 이 직업을

60세까지 할 것으로 생각하진 않거든요. 내가 나중에 또 다른 일을 하게 될 수도 있기 때문에 그러한 것에 대해서는 지금부터 찬찬히 준비해야 한다고 생각해요.

나는 여행을 굉장히 좋아해서 여행에 관련된 과를 가고 싶었지만 그러지 못했어요. 그때 여행 관련 과로 못 간 거나 여행 관련 일을 하지 못한 것에 대해 조금 후회가 되긴 하지만, 내가 사십이 되었을 때 오십이 되었을 때 진짜로 여행 관련 일을 하고 있을지도 모른다고 생각해요. 지금도 여행상품 개발하는 일에 많은 관심이 있어서 요즘엔 그쪽 일을 하려면 무엇이 필요하지 무슨 공부를 해야 하는지 알아보고 있어요.

사람은 자기가 하고 싶은 일을 하면서 살 때 가장 행복하다고 느끼잖아요. 나는 지금 그것부터 생각하기엔 한 가정의 가장으로서 책임질 일이 너무나 많아서 내가 하고 싶은 일을 찾는 다기보다는 그 책임감에 의해 일을 하게 되는 경우가 더 많아요. 그래서 내 아이한테만큼은 본인이 하고 싶은 일을 찾고 또 그런 것들을 할 수 있게끔 밀어줄 거예요.

민경: 점장님 나이 때쯤 되면 하고 싶은 일을 한다는 게 즐거울 수도 있지만 걱정되거나 두려울 수도 있지 않나요?

물론 두렵기도 해요. 하지만 두렵다고 안 할 수는 없잖아요. 비유하자면 내가 강에 있는데 강에 얼음이 점점 녹고 있어요. 이때 내가 뒷걸음을 칠 것이냐, 물로 뛰어들어 수영해서라도 앞으로 건너갈 것이냐가 문제죠. 내가 뒷걸음질친다고 방법이 생기는 것은 아니잖아요. 마음먹기 달린 거예요. 생각은 누구나 다 하는데 그 실천이 어려운 거죠. 실천을 하느냐 안 하느냐에 따라서 그 사람의 인생이 달라져요. 물론 중간에 실패할 수도 있지만 그것도 다 경험이에요.

현재 이 시간에 최선을 다한다면 뭐가 되든 되긴 해요. 그러니 두려워할 필요 없어요. 실천을 안 하면 두려워해야 하지만 어떤 것이든 실천하고 있다면 두려워할 필요 없어요. 열심히 하다 보면 좋은 결과가 따라오는 것 같아요. 중간에 잠깐 실패를 할 수도 있겠지만 그것이 끝이 아니고 더 길게 봤을 땐 또 하나의 밑거름이 될 수 있거든요.

또 항상 사람에 대해서 중요하게 생각해야 해요. 사람이 사람을 무시하는 것은 제일 나빠요. 작은 인연이 나중에 더 큰 인연이 되어 더 좋은 곳에서 만날 수 있어요. 이런 게 세상 살아가는 재미인 것 같네요.

.

.

.

나는 그동안 어디가 나의 길인지 몰라 헤매고만 있었다. 하지만 첫 인터뷰를 마치고 깨달았다. 무작정 내디딘 첫걸음이었지만 그곳 역시 길이었다는 사실을…

신발 끈을 동여맬 때

누구나 열심히 해요. 열심히 안 하는 사람이 어디 있겠어요?

고미국수와 고미찌개 사장 김대현

신발 끈을 동여맬 때

평범함 속에서 자신만의 특별함을 찾은 사람들,

나에겐 아르키메데스가 부력의 원리를 발견했을 때에 견줄만한 깨달음이었다. 하지만 그 깨달음도 그저 생각에서 머문다면 결국 잊혀지고 말 것이라는 사실을 직감적으로 느꼈다. 그래서 나는 움직이기로 결심했고 어설프게나마 첫 발을 무사히 떼었다.

첫 시도의 성공은 내 안의 열정이 본격적으로 타오를 수 있는 계기가 되었다. 그리고 내게 목표를 주었다. 나는 끝까지 가보기로 결심하였다. 그 끝에 무엇이 있을지는 모르겠지만 지금의 '나'는 아닐 것이란 사실 하나는 분명했다.

* * *

나는 우선 내 주변부터 탐색하기로 했다. 내 주변의 수많은 평범한 사람들 속에서도 분명 내가 점장님으로부터 느꼈던 그 작은 특별함을 가진 사람들이 많을 것이라고 생각했기 때문이다. 그리고 그런 나의 생각이 가장 먼저 미친 곳이 있었다.

분당의 넘쳐나는 프랜차이저들과 식당들 사이에서 자신만의 색깔을 잘 찾아 소위 말해 '대박'을 친 집이 있다. 바로 고미국수와 고미찌개이다. 가게의 위치가 좋지 않음에도 항상 사람들로 북적북적하고, 15평짜리 음식점에 직원만 무려 여덟 명이다. 그런데 고미국수와 고미찌개가 처음부터 이렇게 잘 되는 집은 아니었다.

나는 고등학생 때부터 이 집에 자주 갔었는데, 그때는 조그만 구멍가게 수준이었다. 그런데 고등학교 졸업 후 한참 만에 다시 찾은 고미국수는 크게 달라져 있었다. 가게 규모도 두 배로 커지고 손님도 크게 늘었으며 심지어 방송에도 여러 차례 소개가 되었다. 어찌된 일일까 궁금했었는데 마침 친한 친구가 이곳에서 일을 하면서 그 사정을 알게 되었다. 바로 주인이 바뀌었던 것이다. 원래는 다른 분이 주인이었는데 지금의 사장님으로 바뀐 이후부터 가게가 급격히 성장했다고 한다. 친구를 통해 그 사장님의 면면에 대해 들을 수 있었는데 이야기를 들을수록 사장님을 만나보고 싶다는 마음이 커져갔다. 친구 역시 내가 인터뷰를 하기 위해 사람들을 물색한다는 이야기를 듣더니 이곳 사장님이 적임일 것 같다는 내 생각에 동의하였다.

친구를 통해 사장님의 전화번호를 넘겨받은 후 역시 떨리는 마음으로 사장님과 통화를 하였다. 사장님께서는 생각보다 너무 흔쾌히 인터뷰에 응해주셨는데 나를 상당히 흥미롭게 여기시는 것 같았다. 점장님이야 나를 아르바이트 면접 때 본 적이 있으시니 큰 거부감 없이 인터뷰를 응해주셨던 것 같은데, 사장님은 웬 학생이 갑자기 전화해서 인터뷰를 요청하는데 쾌히 받아주시는 걸 보니 상당히 오픈 마인드를 가지고 계신 듯했다. 사실 전화 걸기 전에는 학생이라 무시당하면 어쩌나 걱정을 많이 하였다. 하지만 생각보다 인터뷰 섭외가 순조롭게 느껴져 앞으로는 좀 더 자신감을 가질 수 있을 것 같았다.

또다시 설레는 마음으로 인터뷰 날짜를 기다리고 있던 내게 오빠는 어느 날 한 권의 책을 건넸다. 우리나라 자영업자들의 실태를 있는 그대로 보여주고자 한 책이었다. 내가 아무 사전 지식 없이 인터뷰하러 가는 것이 걱정되었는지 한 번 읽어보고 가면 훨씬 도움이 될 것이라고 하였다. 오빠가 건네준 책에 따르면 우리나라에서 자영업자들의 생존율, 특히 요식업으로 살아남는 비율은 채 10%도 안 된다고 한다. 아무리 취업난이 심각하다 해도 요식업으로 성공하는 것보단 쉬울 것이다. 가벼운 마음으로 시작했다간 망하기 십상이다. 책의 저자는 우리나라에서 자영업이 잘 안 되는 이유를 높은 임대료나 대기업의 횡포 등 환경적인 요인에 기인한다고 보고 있었다.

책을 읽어갈수록 나는 정말 우물 안 개구리였다는 것을 다시 한 번 느낄 수 있었다. 내가 모르는 세상이 진짜 얼마나 많을까? 오빠가 아니었다면 나는 정말 실례되는 인터뷰를 하고 왔을지도 모른다는 생각에 아찔했다. 하지만 한편으로는 고미국수와 고미찌개 사장님은 내가 상상하는 그 이상일 것이란 생각에 기대감도 한층 커졌다.

인터뷰 당일, 첫 번째 인터뷰 때만큼 떨렸지만 안 떨리는 척, 인터뷰 여러 번 해본 척, 자신감을 가지고 가게 안으로 들어갔다. 가게에서 사장님과 인사를 나눈 후 나의 계획에 대해서 사장님께 말씀드렸다. 사장님께서는 묘한 눈빛으로 날 보셨는데, 도무지 어떤 생각을 하고 계신지는 읽어내기가 힘들었다. 본격적인 인터뷰를 하기 위해 사장님과 함께 근처 카페로 자리를 옮겼다. 카페에 자리를 잡고 앉아 내가 조심스럽게 인터뷰를 위해 녹음기를 켜겠다고 말씀을 드렸다. 아직 인터뷰가 익숙지 않아 녹음기를 틀겠다는 것 자체도 조심스러웠다. 혹시나 상대방이 기분 나빠하진 않을까 염려됐기 때문이다. 하지만 놀랍게도 사장님께서는 본인 역시 녹음기를 애용한다면서 자신의 핸드폰 녹음기를 보여주었다. 핸드폰에는 녹음 파일들이 빼곡했다. 강의나 다른 사람과의 대화에서 개인적으로 좋은 얘기를 들을 때면 항상 녹음이나 메모를 해 놓는다고 한다.

"어떤 사람을 만나더라도 대화를 나눌 때, 꼭 기억해야겠다 싶은 말이 나오면 '제가 지금 너무 좋아서 메모 한 번 할게요' 하면서 다시 한 번 말씀해달라 해요. 그래도 상대방이 기분 나빠 하지 않아요. 자기 말에 상대방이 집중하고 있다는 느낌이 나잖아요."

인터뷰를 시작하기도 전에 한 방 먹었다.

* * *

고미(古味)는 한자 그대로 옛 맛을 뜻하며, 고미국수와 고미찌개에서 팔고 있는 모든 음식에는 조미료가 일절 들어가지 않는 것이 이곳의 가장 큰 특징이다. 보통 조미료를 안 쓴다는 음식점을 가 봐도 조금씩은 다 쓰는 것 같던데, 고미에서 일을 했었던 친구의 말로는 이곳은 진짜 하나도 안 쓴단다.

민경: 원래부터 장사 쪽에 관심이 있으셨어요?

저는 28살부터 계속 장사만 했어요. 올해로 13년째인데 벌써 나이를 꽤 먹었네요.

민경: 장사를 하시게 된 계기가 따로 있으세요?

제가 많이 모범생 같죠? 지금 나를 보는 사람들은 저를 성실한 모범생으로 봐요. 근데 사실 그렇진 않았어요. 제가 노는 걸 워낙 좋아해가지고. 음 뭐랄까, 결혼, 직업, 자기일 이런 것들은 다 운명이라고 해야 하나? 그런 게 있는 것 같아요.

핸드폰 도매 영업→핸드폰판매→식재료 납품→고미국수와 고미찌개. 김대현 사장의 화려한 장사 경력이다. 김대현 사장은 우리나라의 핸드폰 판매 초창기, 몇 개 안 되는 핸드폰 도매회사에 취직하여 전국 소매 판매점을 상대로 핸드폰 영업을 하게 되었다. 워낙 활발하고 사교성 좋은 김대현 사장의 적성에 영업은 잘 맞았고 어린 나이에도 큰 실적을 쌓게 된다. 영업에 자신이 붙은 김대현 사장은 직접 핸드폰 가게를 차리게 되지만, 보조금 삭감으로 매출도 줄고,

작은 가게의 답답함을 견디기 힘들었기에 오래지 않아 핸드폰판매를 접게 된다. 이후 일 년 남짓 일거리를 찾지 못하고 방황하게 되지만 분당에서 식재료 납품업을 하는 친구를 보고, 초기자금도 별로안 들고 영업은 원래 자신 있었기에 식재료 납품일을 시작하게 되었다.

민경: 식재료 납품업은 잘됐어요?

잘됐지. 탑이 됐지. 근데 되게 힘들었죠.

민경: 신체적으로요?

장류나 공산품으로 불리는 밀가루 이런 것들은, 항상 창고에 있어서 내가 그냥 아침에 가져오면 돼요. 근데 농산물 청과류 이런 것들은 가락시장에 가서 떼어 와야 돼요. 가락시장은 새벽에만 하잖아요. 그러니까 기상 시간이 대중없었어요. 되게 바쁠 때는 두 시 반 이럴 때도 일 나갔으니까. 평균적으로 그때 내 기상시간이 아마 세 시 반에서 네 시. 네 시 넘어가면 그날은 그냥 일 접어야 되는 거고요. 그렇게 일 하고 나면 낮 열두 시 이전에 끝나거든요. 그러면 밥 먹고 잠깐 자고 또 영업. 시작하는 단계니까 계속 내 거래처를 뚫어놔야 되잖아요. 그리고 저녁에는 기존 거래처들 찾아다니면서 내일 주문 받고.

민경: 굉장히 바쁘셨겠어요.

네.. 다른 사람들은 전화로 해요. 전화로 "내일 뭐 필요한 거 있어요?" 근데 나는 다 직접 갔어요. 그럼 완전히 양도 달라요. 어차피 이런 영업은 사람과 사람 사이의 어떤 것이잖아요. 만약 내가 민경 씨한테 뭐를 판다고 해요. 근데 그 파는 어떤 것은 중요한 게 아니에 요. 텔레비전 같은데 보면 올해의 보험여왕, 연봉 십억, 이런 분들 나오잖아요. 그분이 현대자동차에 간다고 해서 판매왕 안되실 것 같 아요? 내가 볼 때는 거기 가셔도 똑같이 판매왕 되실 거예요. 그 안 에 뭐를 판다는 것, 보험을 팔든 차를 팔든 뭘 파는지는 중요한 게 아니에요. 나는 어떤 것을 파는 스킬이나, 사람을 진심으로 대하는 자세들이 진짜 중요하다고 생각해요. 닦고 조이고 하는 엔지니어링 도 기술이지만 사람한테 이런 영업을 잘한다는 것도 되게 큰 기술이 거든요.

저녁에 거래처 방문해서 일일이 주문받고, 잠깐 자고 새벽에 다시 일어나고. 잠깐 잔다는 것도 제일 빨리 자면 열두 시 반, 보통은 한 시, 일 시작한 지 한 달 만에 팔 킬로가 빠지더라고요.

민경: 그거를 몇 년을 하셨어요?

십 년 넘게 했죠. 십 몇 년 동안 일요일은 시장이 쉬니까 일요일만 빼놓고. 그리고 제헌절… 제헌절이 무슨 날이죠?

민경: 헌법이 만들어진 날이죠.

그런 거 없어요. 빨간 날은 그냥 다 하는 거고. 추석, 설날처럼 시 장 쉬는 날만 빼놓고는 나한테도 쉬는 날은 없었어요. 네 시에 일어 난다고 하면 세 시에 잠을 자도 네 시에는 눈이 딱 떠져요.

민경: 워낙 몸에 베어 가지고?

네. 계속 그런 생활을 했기 때문에. 그런데도 혹시 모르니까 십 몇 년 동안 불을 꺼놓고 자본 적이 없어요.

민경: 못 일어나실까 봐요?

혹시 몰라서. 깊은 잠에 빠져들까 봐. 한 번도 불을 꺼본 적이 없어요.

그전에는 저는 되게 즐기는 사람이었어요. 노는 거 좋아하는. 별의별 짓을 다 해본 것 같아요, 근데 그전에는 되게 나태하게 노는 걸 좋아했어요. 그때는 어렸으니까. 근데 식재료 장사를 하면서 부지런함을 배운 거죠. 엄청 많이 배웠어요. 정말 저는 그때 막 다시 태어났죠. 사람들도 저보고 되게 열심히 사는 사람이구나 하면서 인정도 많이 해주고.

민경: 고미 국수는 그럼 언제 처음 문을 여신 거예요?

그다음 일이 고미국수에요. 고미국수는 우연히…

민경: 우연히…?

네 진짜 우연히… 그러니까 어떤 인생의 큰 줄기들은 우연의 연속인 것 같아요.

열심히 일하는 사람에겐 기회가 오는 것인지, 아니면 기회를 잡을 수 있는 눈이 키워지는 것인지, 고미국수와 김대현 사장의 인연은 우연으로 시작되었다. 고미국수는 원래 김대현 사장이 식재료를 납품하는 가게 중 하나였다. 다른 여러 큰 가게들에 비해 비중이 있는 가게도 아니었고 그곳 사장과 잘 맞는 편도 아니었음에도 고미국수와의 거래는 계속 이어가게 되었다고 한다. 그러던 어느 날 그곳 사장이 가게를 판다는 이야기를 듣게 되어 김대현 사장은 가벼운 마음으로 고미국수를 넘겨받았고 지금까지 그 사업을 계속 키워가고 있다.

집에서 항상 조미료 없는 담백하고 저자극적인 음식을 먹었던 김대현 사장의 입맛에 처음 고미의 음식은 '조미료 없는' 음식의 맛이 아니었다.

그 냄새, 공장에서 만드는 냄새가 있어요. 실제로 나는 조미료 냄새는 잘 몰라요. 근데 그 공장음식 특유의 냄새가 있어요. 그 냄새를 견딜 수가 없는 거예요. 그래서 내가 그 음식을 차마 손님한테 내줄 수가 없는 거예요. 그래서 '이건 아니다, 내가 다시 만들어보자'하고 고쳐나가기 시작했어요. 그게 맨 처음엔 우동이었어요. 내가 지금도 우동 육수에 대해 애착을 많이 갖고 있는데, 나는 뭐 요리에 근본 없는 사람이니까 인터넷 보고 여기저기 알아보고 해서 내가 만들어봤거든요. 근데, 맛있었어요. 아무것도 안 들어갔거든요.

민경: 인공적인 것들요?

육수에 간장만 들어갔어, 뭐 이 정도. 멸치 다시마로 우린 그런 진한 육수에 간장만 넣은. 그 두 가지가 우동의 제일 중요한 요소거든요. 그렇게 만들었는데 내 입맛에 맞았어요. 되게 맛있었어요. 그래서 급히 다 수정을 했죠. 그런 식으로 나가기 시작했죠. 근데 초창기엔 되게 맛이…맛이 없었겠지 사람들은. 아마 내 입맛에만 맞았을 거예요.

민경: 초반에요?

초반에는.

민경: 계속 고쳐나가신 거죠?

계속 고쳐나가죠, 오늘도 고쳐나가고 내일도 고쳐나가고. 그래서 내가 사람들을 계속 만나려고 하는 거고. 꼭 일주일에 두 번 정도는 다른 집에 가서 먹어봐요. 무조건 맛있든 맛없든.

민경: 유명한 집으로요?

유명한 집이든 안 유명한 집이든 자꾸만 밖에서 먹으려고 하죠. 안주하기보다는. 아까도 말했다시피 요리에 근본이 없는 사람이니까, 마음만 앞서가지고 처음에는 솔직히 만족스러운 메뉴들도 있었지만 그렇지 않은 메뉴들도 있었거든요. 우리 집은 자극적이지 않은 콘셉트로 확실히 갔기 때문에 비빔국수 같은 경우는 맵지도 달지도 짜지도 않은 어떤 빨간 국수가 나온 거죠. 먹으면, 사람이 당황스러운거죠.

민경: 밍밍한…

밍밍한 것뿐만 아니라 어디에도 없는 거거든요. 비빔국수에 어떤 라인들이 있어요. 그 큰 줄기들 어디에도 속하지 않는 어떤 건데 맛도 없어. 그래서 맨 처음에는 비빔국수 때문에 정말로 고민을 많이 한 것 같아요. 그 레시피 개발하는데 한 일 년 잡은 것 같아요. 그래서 교통사고를 낼 뻔한 적도 있어요.

민경: 교통사고요?

하루는 사거리에서 신호를 기다리고 있었어요. 비빔국수만 계속 생각하는 거예요. 뭘 넣으면 맛있을까, 뭘 어떻게 할까. 핸들에 기대 가지고 계속 골똘히 생각하다 보니까 다른 쪽 파란불 신호가 떨어졌는데, 그게 내 신호인 줄 알고 그냥 간 거예요. 너무 당당하게 나가니까 사람들이 빵 하고 서더라고요.

민경: 어휴 위험하셨겠어요. 그럼 지금은 비빔국수가 만족스러우세요?

지금도 솔직히 말하자면 백 점이 만점이라면 구십삼 점, 이 점? 썩 만족스럽지는 않아요. 그게 딱 한계가 있어요. 음식이 맛있다 하면 자기 머릿속에 있는 그림이랑 맞아 떨어졌을 때, 맛이 있다 하는 느낌이 나잖아요. 여태까지 자극적인 맛의 국수를 먹던 사람들이 조미료가 안 들어간 음식을 먹으면 뭐가 빠진 거죠. 많이 빠진 거죠. 그 갭을 극복하려고 많이 노력하고 있죠. 지금도 계속.

민경: 다음엔 비빔국수도 꼭 한번 먹어봐야겠어요. 저는 고미 메뉴 중에 콩국수가 정말 맛있더라고요.

저는 콩국수는 대한민국 10등 안에 들어간다고 자신할 수 있어요. 우리 집은 노 첨가, 그게 원칙이잖아요. 물, 콩, 소금 세 개 땡.

민경: 그럼 그 콩이 엄청 중요하겠어요.

우리 집에 보셨는지는 모르겠지만 콩 인증서가 있어요. 첫해에는 일단 좋다는 국산 콩만 닥치는 대로 썼어요. 둘째 해엔 저희가 쌀집이랑 거래하는데, 쌀집에서 콩을 보내줬었거든요. 근데 그 사람들이 실수로 그랬는지, 그 해에 보낸 것 중에서 제일 좋은 콩이 있었는데 택배 택을 안 떼고 보냈더라고요. 보니까 전곡에서 온 거에요. 거길 무작정 갔죠. 그래서 물어 물어서 거기 마을 이장님을 만났죠. 그래서 이장님께 블로그 같은 걸 보여주면서, "내가 분당에서 이렇게 장사를 하고 있는데 콩국수를 좀 많이 팝니다." 콩은 원산지 표시가 국산, 수입산 이런 식으로 되어 있잖아요. 저는 그런 거를 넘어서 전곡산 콩, 아니면 그분이 차석현 이장님이거든요. 차석현 씨 댁 콩, 이런 것까지 전 원했던 거죠.

그 콩의 브랜드는 남토북수에요. 남쪽 땅에 임진강물이 흘러서 북쪽으로 돌아 들어가잖아요. 거긴 아무것도 없잖아요. 깨끗하잖아요. 깨끗한 북쪽 물을 쓴 농산물이라는 의미로 그곳에서 나오는 농산물의 브랜드명이 남토북수에요. 지역마다 다 브랜드를 가지고 있어요. 그래서 내가 그곳 콩을 직거래를 할 테니, 내가 좋은 콩을 쓰고 있다는 것을 보여줄 어떤 인증서를 만들어 달라 그랬어요.

콩국수 같은 게 우리 집과 잘 어울리고 잘 맞는 콘셉트이죠. 속일 수가 없거든요. 콩국수엔 아무것도 들어갈 수가 없어요. 미원을 넣지도 못해요. 맛이 확 치이나거든요. 웬만하면 미원, 다시다 넣으면 다 맛있는데 그런 조미료는 끓인 음식에 들어가야 해요. 근데 콩국수는 끓이지 않기 때문에 들어 갈수도 없어요. 콩만 좋으면 고소하게 잘 삶는 게 그 다음. 그러니까 콩이 젤 중요하고 거기에 어떻게 삶느냐 두 가지 밖에 없어요.

민경: 굉장히 솔직한 음식이네요.

우리랑 되게 잘 어울려요. 내가 선호하는 음식 스타일이기도 하고 콩국수에 대한 프라이드도 갖고 있죠. 콩국수에 열정을 많이 쏟았고, 좋은 콩도 얻었고 지금은 되게 만족스러워하고 있어요.

민경: 콩도 그렇고 다 발로 뛰셨네요.

그런 거 되게 많아요. 저는 메뉴마다 사연 하나씩 다 있어요.

'꽤 여럿 책이나 강연을 통해서 여러 성공한 사람들의 이야기를 접했었는데, 그렇게 간접적으로 듣는 것과 그 사람을 직접 만나 이야기를 나누는 것에는 정말 큰 차이가 있었다. 사람을 직접 만나는 것이 훨씬 강력했다. 정말 백배는 더 큰 배움과 에너지를 받는 기분이었다.

민경: 요식업으로 성공하는 비율이 10% 정도밖에 안 된다고 해요. 사장님 이야기를 듣다 보니 정말 사장님만큼은 해야 요식업으로 성공하는구나를 체감하네요. 그렇다면 혹시 요식업을 생각하시는 분들께 현실적인 조언 몇 마디 해주실 수 있나요?

원래 내가 해주는 말이 있어요. 나를 찾아오거나 나한테 자문을 구하시는 분들께 항상 드리는 말씀은 한 달만 남의 가게에 가서 일을 한번 해보셔라. 삼 개월, 반년 일하면 정말 좋겠지만, 한 달 만에 아마도 음식 장사랑 나랑은 안 맞구나를 느끼시는 분들이 정말 많을 거예요. 그리고 다시 자기 마음을 다잡게 되는 계기가 충분히 될 거예요. 엄청 힘들거든요. 아무리 작은 구멍가게를 한다 그래도 거의 일억 안팎으로 들어가는데. 실질적인 통계에서 요식업 성공률은 10%도 안 돼요. 넉넉하게 잡아서 10%가 성공한다 그래도 나머지 90%가 망해서 일억을 날리는 거잖아요. 그 일억은 그 사람들의 거의 전 재산일 거라고요. 다시 복구하기가 힘들 거예요.

근데 그 일억을 아무런 준비 없이, 아무 콘셉트 없이, 아무 마인드 없이 그냥 시작하게 되면 90%가 그 돈 날릴 게 뻔해요. 근데 남의 집에 가서 일하면은 월급 받으면서 배울 수 있는 거잖아요. 그렇게 들어간 사람은 자세가 다를 거 아니에요. 그냥 설거지하러 오신 분들은 그 시야가 설거지를 벗어나기 힘들겠죠. 하지만 만약에 자기가 일을 배우러 간다, 아니면 자기 가게라고 생각하고 간다, 그러면 그 만큼 시야는 열릴 거 아니에요. 그렇게 해서 자기 돈 한 푼 안 들이고 자기 가게를 운영할 수도 있는 거잖아요. 오히려 월급은 받으면서.

사람들은 한번 결정을 내리면요, 막 앞뒤 안 보고 달리거든요. 뭘 그리 급해. 그 돈 날리려고 달려가는 거거든요 사실은. 어차피 저 끝에서는 90%의 사람이 그 돈 날리는데, 왜 그렇게 조급하게 가냐고. 지금 망하나 한 달 후에 망하나 똑같은데, 그럴 거면 한 달이라도 세 달이라도 여섯 달이라도 여러 군데 일해보세요. 뭘 해볼까 정하지도 못하고 가게 얻으시는 분들도 상당히 많아요.

민경: 어떻게 뭘 할지 정하지도 않고 가게를 얻을 수 있어요?

그것만 정한 거죠. 나는 음식업을 하겠다. 식당을 하겠다. 거기까지만 정하신 거죠. 어떤 자기의 콘셉트나 종목은 정확하게 정하지 않고 그냥 여기는 목이 좋으니까 해보자. 분명히 좋은 목은 있죠. 꼭 그게 맞는 얘기는 아니지만 비싼 자리가 거의 좋다고 검증이 된 자리이기는 하죠. 근데 내가 하려고 하는 거랑 그 비싼 가게랑 안 맞는 경우도 상당히 많죠. 그런 가게 잘되겠습니까? 만약에 종목을 못 정했다면 오히려 더 좋죠. 여러 군데 가셔서 일을 해보시고 여기는 이래서 힘들겠구나, 여기는 이런 점은 좋은데 대신 저런 것은 안 좋구나.

손님으로 왔으면 주방도 안보이잖아요. 여기서 몇 명이나 일하는지, 얼마를 버는지 그거 알겠어요? 점심때 내가 이 식당에 왔어요.

점심때 사람 없는 식당이 얼마나 되요. 점심때 사람 없는 식당은 빨리 문 닫아야 되고요. 점심시간에는 어디를 가나 웬만하면 다 꽉 차 있잖아요. 그게 얼마만큼 길게 가느냐가 중요한 거죠. 예를 들어 열두 시에 딱 시작을 했어요. 근데 한번 돌고 끝나. 근데 난 그 식당에 열두 시에 갔어요. 갔는데 꽉 찼어. '아, 여기 잘되는구나.' 그렇게 생각할 수도 있잖아요. 근데 내가 만약에 거기서 일을 해봤어요. 거기는 열두 시에 회사원들이 쫙 내려와서 한번 식사하고 가면 그 다음엔 땡이야. 그 다음은 계속 놀아요. 그럼 좋은 가게라고 할 수 없죠.

요즘에 들은 얘기 중에서, 요식업 사장님들을 오케스트라의 지휘자, 영화감독 이렇게 비유를 하시더라고요. 되게 좋은 비유라고 생각했어요. 종합예술인들처럼 음식점 사장도 자기 가게의 모든 부분을 알고 각각의 요소들을 조율할 줄 알아야 되거든요. 꼭 남의 집에서, 그게 일주일이라도 아마 안 하시는 것보다 나을 것 같네요.

민경: 굉장히 따끔한 충고네요.

아, 그리고 마지막으로 식당 하시려는 분들께 죽을 만큼 하라고 꼭 얘기해주고 싶네요.

민경: 죽을 만큼 하라고요?

죽지 않으니까 죽을 만큼 하라고 꼭 얘기 해주고 싶다. 진짜. 그래야지 되지 않겠어요?

민경: 아무리 열심히 해도 일이 잘 안 풀릴 때도 있지 않나요?

일이 잘 안 풀릴 때는 그것만 계속 골똘히 생각하고 있으면 어디서든 실마리가 나오더라고요. 그걸 딱 잡으면 되거든요. 근데 준비가 안 된 사람은 그걸 못 잡죠. 왜냐하면 정확하게 내 앞에 떨어진게 아니기 때문에 생각하지 않았던 사람은 기회가 와도 모르는 거죠. 진짜 신기하게도 실마리가 나와요. 스웨터의 실밥처럼 그 실마리를 잡고 풀면 일이 주르륵 풀리는 거죠.

민경: 사장님은 정말 열심히 하셨기 때문에 지금 이렇게 잘 자리를 잡으셨잖아요. 그렇다면 사장님은 본인이 좋아하는 일을 선택하신 건가요? 보통 자기가 좋아하는 일을 해야 성공하다 하잖아요.

그거는 좀 멀리 간 건데…

민경: 자기가 하고 싶은 일을 하면서 살라고 하는데 막상 뭘 하고 싶은지 모를 때는 돈이 벌리는 일을 하면은 즐겁다고 하더라고요. 그래서 저도 그런 것에 관한 고민을 했었어요.

되게 신 나죠. 일하고 왔는데 돈이 막 이렇게 쌓여있으면, 자기 눈에 진짜로 돈이 늘어나는 게 보이면 그 기분은 진짜 어마어마하죠. 근데 그것도 영원하진 않죠. 식재료 할 때 진짜로 내 돈 벌었거든요. 저녁에 가서 주문받고 바로 돈 받아오니까. 내가 한 달에 팔 킬로 씩 빠지고 잠을 네 시 간씩 자는데 전혀 피곤한지 모르죠. 근데 가다보면 정신적으로 피폐해져요. 이 년 넘게 인간관계가 끊어졌어요. 사람을 만날 여력이 없는 거죠. 그 많던 친구들, 좋아하던 취미들, 내가 끊으려고 끊은 게 아니고 같이 병행을 못하는 거죠. 시간 있으면 잠자는 게 나으니까.

민경: 어느 순간에 바꾸고 싶단 생각이 드나요?

거기까진 안 간 것 같아요. 근데 정신적으로 피폐해졌어요. 분명히 정상은 아니었어요. 그때, 말이 제대로 잘 안 나왔었어요. 내가 '다람쥐'라고 생각하고 말하면 '다람쥐'라고 말이 나와야 하는데, 다른 발음이 나왔었어요. 되게 심각할 정도는 아니었지만 발음이 잘 안 됐었어요. 나중에 보니까 그게 우울증이라고 하더라고요.

정신적으로 다 써버리는 거죠. 뭔지는 아마 모를 거예요. 나도 설명을 딱히 잘못 하겠는데. 그러다 내가 여기저기다가 물어보니까 그거는 대화를 많이 해야 한다고 얘기를 하더라고요. 근데 말할 사람이 없는걸… 말이라고 해봐야 맨날 똑같은 얘기만 하는걸. 가게에선 업무적인 얘기, 밤늦게 들어오니까 들어오면 아기랑 와이프는 다 자고 있고. 혼자 취미가 있나, 만날 사람이 있나 아무도 없어요. 말할 사람이 없는 거예요. 그러니까 사람이 되게 피폐해지는 거죠.

민경: 그런데도 계속 그렇게 열심히 하신 이유는 뭔가요? 그 원동력은 무엇인가요?

저는 원래 한번 시작하면 빠지기 좋아하고 꽂히기 좋아하는 성격이긴 해요. 그래서 놀 때는 되게 열심히 놀았고, 그런 시기를 지나서 열심히 일할 시기에는 열심히 일했어요. 제 성격상 한번 시작한 일은 후회 없이 하자는 주의거든요.

지금은 이제 가장이잖아요. 제가 새벽에 나올 때가 많잖아요. 그럼 새벽에 일어나서 애들 깨울까 봐 조용히 나오면서 방문을 열어보죠. 제 와이프, 애들 다 자고 있잖아요. 그럼 항상 그런 생각을 많이 했어요. 좀 웃기긴 한데, '그래 내가 우리 가족을 지키고 있다.' 그런 생각을 하면서 전쟁터에 나가는 군인처럼 항상 출근하고 있어요. 마찬가지로 저녁에 일을 끝내고 들어오면 가족들은 다 자고 있죠. 와이프는 애기 키우느라고 힘들어서 자고 있고, 애기들은 아홉시면 자니까. 들어와서 또 문 열어보면서 '그래 오늘도 우리 가족의 평화는 내가 지켰구나' 그러면서 또 만족하면서 잘 수 있고. 가족들이 저의 원동력이에요.

민경: 앞으로의 계획은 어떻게 되세요?

그런 물음을 내 스스로에게도 물어보았고, 외부에서도 그런 물음을 많이 받았는데……. 손님에게 좀 더 좋은 걸 먹이고 싶어요. 지금 현재 우리 가게의 음식을 좀 더 건강하게 만들어서 손님들에게 먹이고 싶어요. 조금 더 좋은 음식. 건강한 먹거리. 지금 콩도 전곡에서 가지고 오는 것처럼 다른 고추나 천일염 이런 것들도 하나씩 바꿔나가고 있거든요. 나중에는 제가 직접 유기농 농산물을 기르면서 그 농산물로 만든 음식으로 식당을 운영하고 싶어요.

민경: 고미의 브랜드를 좀 더 키워나가시겠다는 건가요?

그러니까 저는 엄청 대단한 것까진 아니에요. 일단 손님은 건강한 식사를 통해서 행복감을 느낄 수 있잖아요. 그렇게 손님이 만족스러운 식사를 하고 가시면 그 손님이 또 다른 손님과 함께 올 수도 있는 거고, 그것이 선순환되어서 장사가 잘 되면 저는 우리 직원들의 복지나 대우도 더 잘할 수 있게 되는 거고요. 또 제가 지금 어려운 아이들과 미혼모 분들도 조금씩 돕고 있는데, 장사가 잘되면 그분들을 금액적으로 더 도와드릴 수도 있잖아요. 하지만 그 무엇보다 제가 열심히 함으로써 우리 가족이 더 행복해질 수 있으니까요. 손님한테 즐거움을 드리면서 거기서 또 돈을 벌어서 우리 가족에게 즐거움을 준다는 것에 대해서 상당히 만족하고 있어요. 우리 가게가 무탈하고 손님도 즐겁고 그로 인해 나도 즐겁고 또 우리 가족도 즐겁고. 그게 지금 내가 살아가는, 힘들어도 자꾸 무언가를 하게끔 만드는 원동력인 것 같아요.

민경: 정말 멋져요. 사장님을 만나 뵈니 저도 진짜 열심히 살아야 겠다는 어떤 다짐이 생기네요.

누구나 열심히 해요. 열심히 안 하는 사람이 어디 있겠어요? 열심히 살아라, 잠 적게 자라 이거는 뭐 당연한 거고. 그런 건 당연한 거 아니에요. 그 정도도 안 하고 성공하려 하면 안 되지.

.

.

.

모든 일의 시작은 기본을 다지는 것부터 시작된다.
완주를 결심한 내게 성실함이란 신발 끈이 매여졌다.

내 안의 틀을 깨다

누가 차려놓은 판에 들어가는 게 아니라,
스스로 그 판을 짜는 능력이 어느 순간 감이 오더라고요.

영화감독, 미술교사, 댄스가수 백승기

내 안의 틀을 깨다

　점장님과 사장님 두 분의 인터뷰를 무사히 잘 마친 후 내 머릿속에는 온통 '다음은 또 누구를 인터뷰하지?'라는 생각으로 가득 차 있었다. 텔레비전을 보면서도, 신문을 보면서도, 식당에 밥을 먹으러 가서도 심지어 미용실에서 머리를 하면서도 온통 그 생각뿐이었다. 그랬더니 그 생각에 맞게 세상이 보였던 것 같다.

　어느 날 엄마와 함께 집에서 SBS의 '세상의 이런 일이'라는 프로그램을 보고 있었다. 그 날엔 미술시간에 아바타 분장을 하고 수업을 하시는 한 미술 선생님이 소개되었다. 그 선생님은 아바타 분장뿐만 아니라 김홍도, 가위손, 스파이더 맨 등 그 수업 내용에 맞게 분장을 하고 수업을 진행하시고 계셨다. 분장을 하는 이유는 학생들과의 소통을 위해서였다. 학생들에게 미술수업은 일주일에 한 번 있는 가장 기다려지는 시간이었고, 미술 선생님은 그 학교 최고의 인기 스타였다.

누구를 인터뷰할까 물색하던 내게 그 선생님이 딱 꽂혔다. 요새는 선생님이란 직업의 본질보다는 그 직업의 이 점 때문에 선생님이 되는 사람이 많은 것 같다. 그것이 나쁘다고 생각하지는 않는다. 하지만 어떤 이유에서 선생님이 되었든 간에 '선생님'이란 자리에 있는 한 그 자리에서의 본분은 다 해야 한다고 생각한다. 나는 단순 자신의 '일'이기 때문에 학생을 가르치는 사람이 아닌 진심으로 학생을 이끌어주고자 노력하는 선생님을 만나고 싶었다. 세상에 이런 일이 속의 그 선생님은 자신의 마음과 생각에 따라 실천을 행하고 있는 사람이란 느낌을 받았기 때문에 인터뷰를 하고자 마음을 먹게 되었다.

방송을 통해 그 선생님의 성함이 백승기라는 것과 인천의 어느 여자 중학교에서 근무하고 있다는 사실을 알아낸 후 인터넷에서 그 선생님을 검색해 보았다. 검색 창에 백승기를 치자 '세상의 이런 일이'와 관련된 것과 웬 영화감독 외엔 별다른 것들이 검색되지 않았다. 어떻게 찾을까 고민하던 끝에 인천시 교육청 홈페이지에 들어가 인천에 있는 모든 여자중학교를 검색한 후 해당 중학교 홈페이지에서 교직원들을 찾아보았다. 인천에 여자 중학교는 27개나 있었다. 처음에는 27개를 다 돌아보아도 못 찾았다가 결국 한 번씩 더 들어가 본 후에야 간석여자중학교에서 백승기 선생님의 이름을 발견하였다.

다음 날 나는 점심시간이 되기 전 간석여자중학교에 전화를 걸었다. 이상한 사람이라 생각하고 백승기 선생님을 안 연결해주면 어쩌나 했는데, '세상에 이런 일이'를 보고 전화 드렸다 했더니 의외로 수월하게 선생님과 통화를 할 수 있었다. 선생님께 간단히 내 소개를 하고 인터뷰 요청을 하였는데 이번에도 흔쾌히 승낙을 받았다. 섭외전화를 하는 것은 정말 매번 떨리지만 조금씩 익숙해지고 있다는 느낌을 받았다. 그렇게 처음으로 누구의 소개도, 아는 사람도 아닌, 생판 모르는 사람의 인터뷰 약속을 잡은 후 나는 더 큰 뿌듯함을 느끼며 약속한 날만을 손꼽아 기다렸다.

그리고 드디어 당일, 떨리는 마음으로 인천행 버스에 몸을 실었다. 인천에는 처음 가보는 것이기도 하고 인터뷰를 위해 인천까지 간다는 것 자체에 나는 상당히 흥분해 있었다. 조금씩 내 경계를 넓혀가고 있다는 느낌이 들었다. 오늘은 또 어떤 새로운 이야기를 듣고 올 수 있을까?

그렇게 설렘과 기대를 한 아름 안고 간석여자중학교에 방문하였다. 방학임에도 불구하고 학교는 굉장히 부산했다. 여기저기 물어 물어 드디어 TV 속에서 보았던 백승기 선생님을 만날 수 있었다. 정.말 화면하고 똑같았다. 선생님께서 일이 있으셨기에 잠시 기다린 후에 선생님과 제대로 된 인사를 나눌 수 있었다. 인사를 나눈 후 자리에 앉자 선생님께서는 자신의 명함을 하나 건네주셨다. 당연히 중학교이름이 쓰여 있을 줄 알았던 명함엔 '숫·호·구'라고 적혀있었다. 그리고 뒷면엔 영화감독, 백승기, 미술교사……?

"명함이 되게 특이하네요."

"네. 제가 작년에 낸 영화가 숫호구에요."

"네?"

이게 웬일…본인은 선생님이긴 하지만 본업은 영화감독이며, 이번에 1집 싱글 앨범을 낸 댄스가수이기도 하단다. 미술교사, 영화감독, 댄스가수?????!!!!

"그럼 혹시 인터넷에 백승기라고 쳤을 때 나오는 웬 영화감독 인터뷰가 선생님이 하셨던 거란 말씀이세요?!"

"하하 네. 제 인터뷰 아직 나오나 보네요."

응? 하하하… 뭐지 이건? 학생을 진심으로 사랑하는 선생님은 어디로 간 거지? 어떡하지…? 아, 그 인터뷰 글, 호기심에라도 눌러 볼걸… 선생님인 줄 알고 인터뷰 질문지도 다 그렇게 맞춰 짜왔는데. 그럼 이번엔 준비 없이 즉석에서 해야 하는 건가? 난 정말 벙 쪄 있었다. 그런 나를 깨우는 선생님의 한 마디,

"저 근데 정말 죄송해서 어쩌죠…? 오늘 학교가 교실이동을 하게 됐어요. 근데 학교에 남자 선생님들이 몇 분 안 계셔서 제가 일을 해야 하는데, 아 진짜 죄송한데 다음에 인터뷰를 다시 할 수 있을까요?"

"네??"

…… 그렇다. 결국 그 날은 인터뷰를 하지 못하고 돌아올 수밖에 없었다. 이런 일도 겪는구나. 어쩐지 지금까진 뭔가 너무 순탄하다 싶었다.

그렇게 허탕을 치고 돌아온 후 인터넷으로 백승기란 사람에 대해 알아보았다. 생각보다 인터뷰 내용이 여럿 있었다. 몇 개의 인터뷰를 읽어 보다 보니 오히려 잘 됐단 생각이 들었다. 이 사람은 자신이 하고 싶은 일을 찾아서 하는 사람이었다. 앞서 했던 인터뷰의 두 분은 좋아하는 일을 찾아서 했다기보단, 지금 하는 일을 사랑하려 노력하시는 분들이었다. 그렇다면 자신이 좋아하는 일을 찾아서 한 사람은 어떤 다른 점이 있을까?

결국 난 인터뷰의 콘셉트를 확 바꾸고 질문지도 다시 만들고 인터뷰 날짜도 다시 잡았다. 그리고 또다시 인천 행 버스를 타고 간석여자중학교로 향했다. 이번엔 부디 무사히 인터뷰를 마치고 돌아오길 기도하며…

* * *

지난 2012년 부천국제판타스틱영화제에서 백승기 감독의 영화 '숫호구'가 '후지필름 이터나 상'을 받았고, 같은 해 아르헨티나 마르델플라타국제영화제에서도 비경쟁부분에 출품되어 전 좌석 매진의 기록을 세웠다. 또한 리스키(Risky)라는 이 인조 댄스그룹을 결성하여 타이틀 곡 '브래드셔틀(Bread Shuttle)'을 내건 싱글 앨범을 내기도 하였다. 영화감독, 현직교사, 댄스가수. 전혀 가능할 것 같지 않은 조합의 직업을 멋지게 소화하고 있는 백승기 감독의 열정과 에너지의 원천은 어디인 것일까.

민경: 어떻게 미술교사이자 영화감독이 되었는지 감독님의 이야기를 들려주세요.

어렸을 때 미술을 전공했어요. 미술을 전공해서 고등학교 때는 그냥 미대라는 큰 틀 안에서 학교를 정하다 보니까, 거리랑 성적이랑 이것저것 따졌을 때, 인하대 미술 교육과라는 데가 있었어요. 그래서 그냥 깊이 생각 안 하고 인하대를 썼어요.

저는 어렸을 때부터 댄스가수도 하고 싶었고 영화감독도 하고 싶었고 영화배우도 하고 싶었어요. 하고 싶은 것은 너무 많아서 군대 제대하자마자 영화감독이 되어야지 했는데, 아버지께서는 제가 임용고시를 봤으면 하셨어요. 교사 정도면 대한민국에서 적당히 살기 좋은 직업이라 해가지고. 그래서 잠깐 임용고시 학원을 한 달인가 두 달인가를 다녔었어요. 근데 너무 답답한 거예요. 학원 다니는 것도 너무 힘들고 그 공부가 만만치 않잖아요. 그리고 만약에 제가 임용고시를 합격해버리면 이제는 돌아올 수 없는 강을 건너는 느낌일 것 같은 거예요.

민경: 평생 그걸 해야 하니까….

네. 제가 생각한 영화감독이라든가 그런 꿈은 이룰 수 없을 것 같은 거예요. 선생님에 올인해야 될 것 같고. 근데 왠지 느낌은 임용고시 합격할 것 같고 하하…

아무튼 왠지 합격하면 그다음부터 나의 두근거렸던 꿈은 끝일 것 같았어요. 군대 갔다 오고 나이가 많은 것도 아니었는데 이렇게 나의 인생이 끝나는구나. 저는 안정적인 직업을 원하는 것도 아니었어요. 난 아직 하고 싶은 게 너무 많고 제대로 해보지도 않았는데.

민경: 많은 사람들이 안정적인 직업을 가져서 빨리 자리 잡고 싶

어 하는데 감독님은 좀 남다르시네요.

근데 전 어떻게 이런 마음을 먹게 되었냐면, 어렸을 때 경험이 되게 중요해요. 자기 것이 있다는 것. 자기가 하고 싶은 게 있다는 것. 그리고 그걸 잠깐이라도 해보는 경험. 저는 어렸을 때 미술을 하고 싶어 했고 부모님께서 미술을 시켜 주셨고 그래서 예고에 진학했거든요. 사실, 중학교 3학년이면 인문계냐 실업계냐의 선택밖에 없거든요. 그리고 주로 성적에 맞춰 가는 게 우리나라 성향인데 그 와중에 나는 정말 내가 하고 싶은 게 따로 있었고 거기에 맞춰서 예술 고등학교를 선택했어요.

그런 경험을 한번 해봤기 때문에 내가 하고 싶은 것을 안 하고는 못 견디겠는 거예요. 이십 대 초반 그 혈기 왕성한 나이에, 난 그런 삶을 계속 살 줄 알았는데 그게 아니라 아예 그게 끝이었다니까. 차라리 처음부터 뭐 똥인지 된장인지 몰랐으면 그냥 그렇게 살았을 텐데 나는 이미 하고 싶은 것을 한다는 것이 어떤 것인지 알아버렸으니까. 도저히 못 참겠더라고요. 그래서 학원을 그만뒀어요.

그렇게 임용고시 학원을 그만 둔 후 감독님은 영화배우의 꿈을 펼쳐보고자 상업영화 현장의 엑스트라로 가게 된다. 그의 첫 출연작은 설경구 주연의 '역도산'. 열심히 하면 감독 눈에 띄지 않을까 하는 생각에 작은 역할이지만 최선을 다해 임했다. 하지만 현실의 벽은 너무 높았다.

민경: 감독님께서 하신 다른 인터뷰들을 찾아보니 첫 영화를 엠티 가서 찍게 되었다는 글을 보았어요.

판을 누가 차려주길 기다리거나 누가 차려놓은 판에 들어가는 게 아니라, 스스로 그 판을 짜는 능력이 어느 순간 감이 오더라고요.

2004년이었던 것 같은데, 제가 엠티에 동생 디지털카메라를 빌려 갔었어요. 그런데, 가서 보니까 카메라 설정에 딱 동영상 기능이 있는 거예요. 영화카메라 그림이 있는 거예요. 이 그림은?! 그래서 혹시나 하고 해봤는데 동영상이 찍히는 거예요. 그래서 당장 영화를 찍어야겠다 싶어서 엠티 간 인원들을 데리고 영화를 찍었어요.

그날 뭔가 운명처럼 촉이 싹 왔어요. 아, 내가 너무 남들이 만들어 놓은 판 안에 숟가락만 얹으려고만 한 게 아닌가? 스스로 할 수 있었는데 못 했구나 하는 생각이 들더라고요. 그날의 기분은 어렸을 때 엄마 손을 잡고 미술학원 문을 열던 날의 느낌과 똑같이 너무 두근두근하고, 뭔가 내가 하고 싶은 걸 새롭게 발견한 느낌이었어요. 그 느낌이 와요. 이걸 내가 앞으로 계속 하겠구나. 최소, 한 십 년의 미래가 싹 그려진다고 해야 할까요? 그만큼의 강한 어떤 닭살 돋움이 쫙 오더라고요.

그래가지고 그날부터 이제 집에 돌아오자마자 뭐 말도 안 되는 상황이었죠. 그 당시 지금의 무비메이커, 동영상 편집의 가장 기본인 프로그램이 있었어요. 그걸로 편집하는데 너무 재미있는 거예요. 그런 집중력이었으면 임용고시 한 번에 붙었을 거예요. 그래서 진짜 날을 꼬박 새 가지고 스스로 제 영화 한편을 만들어냈는데, 와, 그 감동을 잊을 수가 없더라고요. 그래서 그걸 또 주변 사람들한테 보여줬는데 사람들도 신기해하는 거예요.

저도 예전엔 어떻게 영화를 만들지? 동영상을 어떻게 만들지? 했던 건데 의외로 간단하게, 가까이에 있었던 거죠. 그걸 몰랐던 거죠.

그게 이제 제 철학이 됐어요. 가까이에 있는 것들을 자세히 보자. 우리가 너무 멀리 바라보기 때문에, 너무 막연하고 멀게만 느껴져서 그 거리의 부담이 실제 부담이 되는 경우가 많거든요.

반대로 가까이에 있는 것부터 시작하면 장점이 되게 많아요. 그 당시부터 주변에 있는 배우들, 주변에 있는 소품들, 이미 있는 장소들로 영화를 만들자 해서 영화사를 처음 만들었어요. 제 스스로 영화를 한번 만들고 나니까 못할게 없는 거예요. 영화사? 그럼 그냥 우리가 차리면 되지 뭐. 동인천에다가 십오만 원짜리 사무실을 얻어가지고 꾸러기 스튜디오라는 영화사를 오픈했어요. 그리고 나중에는 필요하면 극장도 만들자 해가지고 극장까지. 우리가 자체적으로 다 해결을 하려고 했던 거예요. 그런 하나하나를 만들 때마다 너무 신기하고 재미있고. 되게 큰 값어치를 발견을 한 거죠. 그렇게 하면 못 이룰 꿈이 없을 것 같은 거예요. 그리고 또 많은 사람들이 긍정적으로 해석을 해줘서 여기저기에서 찾는데도 많아지고 그럴수록 또 역량이 쌓이고. 긍정적인 에너지가 막 이렇게 왔다 갔다 하게 된 거죠. 영화사 처음 만들어놓고 영화를 한 이백 편정도 만들었어요.

교사는 그 와중에 수익이 필요하잖아요. 극장까지 다 열고 판을 다 짜놨는데 정작 이제 수입이 없는 거예요. 그래가지고 돈을 벌어야겠다 싶어서 기간제 교사를 나가게 된 거죠. 들어갔더니 또 신세계가 펼쳐지더라고요.

민경: 학교가 또 새롭게 보이나요?

그냥 들어갔으면, 아마 제가 그냥 교사가 됐으면 안보였을 것들이 그때는 보이는 거예요. 영화감독이 되고 들어왔잖아요. 아직 막 극장개봉을 하고 천만 관객을 찍고 그런 건 아니었지만 꼭 그래야만 감독은 아니거든요. 사람 마음먹기에 따라 다른데 영화를 만들었으면 감독이죠. 노래를 불렀으면 가수고. 전 제 스스로가 영화감독이 되었고 많은 작품을 하다가 교사로 들어가니까 거기에 맞게 세상이 보이더라고요.

만약에 그냥 교사로 들어갔으면 저한테 아이들은 학생이었겠지만 영화감독이 되고 들어가니까 다 배우로 보이는 거예요. 제게 학생들은 교복이라는 비싼 의상을 입고 매일 같이 출근을 해주는 몇 백 명의 배우들로 다가오더라고요. 그리고 그 학교란 공간이 원래 감독들한테 되게 캐스팅하기 힘든 장소에요. 왜냐하면 학교는 보수적인 공간이다 보니까 영화에서 안 좋게 비춰질까봐 잘 안 빌려줘요. 그런데 어쨌든 저는 학교에 교사로 들어가 있기 때문에 그 공간에서 마음대로 촬영을 할 수가 있게 됐죠. 그래서 여기서 뭔가 내가 할 수 있겠다 싶어서 첫해에 제자들을 모았어요. 방과 후에 특별히 학원을 안 다니거나 마땅히 할 것이 없거나 심심한 애들로. 그런 애들을 방과 후에 남겨가지고 영화 동아리를 만들었어요. 그래가지고 감독은 제가 하고, 촬영이나 스텝은 다 애들한테 역할 주고 같이 이야기 만들고 해가지고 출동 43호라고 하는 영화를 처음 만들게 됩니다. 43호가 43등이에요. 반에서 43등. 꼴찌의 이야기인데, 내용은 학원물이다 보니까 다소 진부하지만 어쨌든 저는 창작을 할 수 있어서 좋았고 애들도 되게 특이한 경험을 하게 된 거죠. 일반 미술 선생님이 아니라 영화를 하는 미술 선생님을 만났기 때문에, 방과 후에 나름대로 양질의 문화 창작 활동을 한 거죠. 예술교육을 받은 거죠.

백승기 감독은 학교를 배경으로 하여 학생들과 함께 해마다 영화를 한 작품씩 만들고 있다. '출동 43호', '학교대표', '고마워 너구리야', '반짝반짝 여중생' 등이 학생들과 함께 만든 작품들이다.

민경: 학생들에게 정말 특별한 경험이 되었을 것 같아요. 감독님 같은 선생님들이 흔치 않거든요.

그냥 임용고시를 보지 않았기 때문에 가능한 것 같아요. 저는 정식 코스로 들어간 정교사가 아니기 때문에 제가 가지고 있는 값어치가 굉장히 크다고 보거든요. 정식 교사였으면 이렇게 안 할 것 같고 오히려 안주할 것 같고. 교사면 아이들이 보고 배우는 어른 중의 한 명이잖아요. 어쩌면 유년시절에 부모님보다도 더 많이 볼 수 있는 사람이잖아요.

민경: 그렇다면 감독님 나름의 교육철학도 있으시겠어요.

제가 학교에 들어갔을 때 학교 입장에선 제가 특이한 사람이었는데, 전 오히려 그게 이상했어요. 그리고 학교에서 내 역할은 분명히 있겠다는 생각이 들더라고요. 제 교육철학은 "내가 잘하면 그걸 보고 아이들이 배운다."에요. 그러기 위해선 아이들은 지금 꿈을 꿔야 되고 그 꿈을 어떻게 이루어 가는지를 봐야 해요. 그런 게 제일 중요한 나이죠. 저 사람들은 공부를 잘해서 저 위치에 있는 거야. 이게 만약 애들이 볼 수 있는 전부라면 너무 답답한 현실이거든요. 애들한테, 그렇다면 더욱이 할 수 있는 말이 '공부 열심히 해라. 근데 공부 못한 너는 미안하지만 나중에 일이나 열심히 해야겠다.' 이것밖에 안 되는 거잖아요. 학생들은 지식을 습득해서 똑똑한 사람이 되는 게 아니라 현명한 사람이 되어야 해요.

애들이 보기엔 말도 안 되는 거를 저 사람이 어떻게든 이루어 나가는 거를 보여주는 게 제가 지금 할 수 있는 최선인 것 같아요. 그것도 애들이 봤을 때 적당한 꿈이 아니라 완전히 동경의 대상인 것들. 애들이 생각했을 때, 영화배우, 영화감독, 가수 이런 사람들은 정말 동경의 대상이잖아요. 그거를 자기 앞에 있는 배 불룩 튀어나온, 나이도 많고 외모로 승부하기도 힘든 그런 선생님이 이루겠다고 하고, 또 이뤄가는 모습은 정말 큰 용기가 될 것 같거든요. 저는 그래서 밖에서 활동하는 것들 애들한테 무조건 계속 오픈해요.

아이들이 꿈을 꿀 수 있게 해주고, 또 그것이 이룰 수 있는 꿈이라는 것을 알려주는 것, 현실 가능해 보이게 하는 것. 그게 지금 저의 목표고 그렇게 하고 있어요.

민경: EBS 프로그램 중에 '선생님이 달라졌어요'라는 프로그램이 있어요. 고민이 있거나 문제가 있는 선생님을 여러 전문가가 케어해서 더 좋은 선생님으로 거듭나게 해주는 프로그램이에요. 거기서 보니까 선생님 한 분이 바뀌니까 그 긍정적인 영향이 다른 선생님들께도 미쳐서 시너지 효과를 내더라고요. 감독님 한 분이 다른 선생님들께 끼친 영향도 상당할 것 같아요.

교사라고 하는 집단은 제가 늘 선생님들께 직접 해드리는 얘기지만, 되게 보수적이고 변화가 없어요. 그리고 위로부터 어떤 불합리함을 당해도 전혀 반발을 못 해요. 관료주의에 철저히 갇혀있어요. 왜 그러냐 하면 교사가 되려면 기본적으로 공부를 잘해야 해요. 임용고시가 다양한 사람을 뽑는 게 아니라 공부 잘하는 사람만 뽑아놔서 그래요. 그러다 보니 학교 선생님들 사실 다 똑같아요. 과목만 다를 뿐이지, 교육방식도 다 똑같고요.

선생님이 물이 고여 버리면 안 돼요. 선생님은 장인이 아니거든요. 선생님들한테 아무리 창의적인 수업 하십시오, 좋은 수업 하십시오 해 봤자 안 된단 말이에요. 글로 배운 선생님들은 절대 그걸 따라갈 수 없어요. 그게 왜 좋은지도 모르고, 어떻게 하는지도 모르기 때문에. 근데 이제 제가 그렇게 하니까 그 모습을 본 모든 사람이 바뀌진 않았겠지만, 몇몇 분들은 좋게 보아주셨겠죠. 제가 애들하고 친하게 지낼 때, 나도 애들하고 친하게 지내고 싶다 하고 생각하셨겠죠. 그러면 안 하던 농담이라도 한마디 괜히 던지게 되는 거고.

여러분들도 왜 아는 언니가 있는데, 언니가 너무 예쁘게 생기고 말도 잘하고, 참 내가 봐도 괜찮다, 그러면 어느 순간 내가 그 언니의 말투를 따라 하고 있을 때가 있잖아요. 그런 것 같아요. 저희 학교 선생님 중에 보면 제 말투 따라 하는 선생님도 있어요. 자기도 모르게 닮게 되죠. 그래서 우리 학교 선생님도 몇 분은 저랑 같이 분장하시는 분도 계세요.

'감독님의 이야기를 듣는 내내 정말 진심으로 감독님의 수업을 듣고 있을 학생들이 부러웠다. 나는 중고등학교 시절 학교 선생님들을 보며, 매년 같은 수업 방식으로 같은 내용을 가르치다 보면 무슨 재미가 있을까를 생각하곤 했다. 학창 시절 내가 가장 많이 본 어른은 선생님들이었는데, 그분들을 통해 본 세상의 모습은 그다지 크지 않았다.'

민경: 아직 인터뷰를 많이 해보진 않았지만, 지금까지는 공통적으로 경험을 많이 해보라는 말씀을 들었어요. 또 책이나 방송에서도 경험을 많이 하라고 얘기를 하잖아요. 근데 그 경험이라는 게, 지금 당장 나의 일상에서 어떤 경험을 할 수 있을까요? 사실 잘 감이 안 오더라고요.

제 경험에 의하면 일단, 아까도 얘기했지만, 멀리서 찾지 말아요. 경험을 하기 위해서 많은 준비가 필요한 게 아니에요. 진짜 바로 시작할 수 있어요.

영화도 주변 친구들하고 그 자리에서 찍었던 것처럼, 가수도 제가 만든 자작곡들, 노래 만들어야겠다 마음먹는 순간 그냥 제가 만든 거예요. 예를 들어 길을 가다가 막 혼자 나나나~~이렇게 흥얼거려요. 괜찮다 싶으면 녹음기를 딱 켜요. 그 자리에서 바로 흥얼거리던 것을 녹음해요. 그렇게 몇 번 녹음을 한 다음에 어느 정도 됐다 싶으면 연습장에다 거기에 맞춰서 가사 써요. 그걸 다시 한 번 부르고, 다시 한 번 부르고 하다 보면 노래가 하나 완성되어 있는 거예요. 이런 식이에요.

또 만약에 내가 예를 들어서 요리사가 되고 싶어요. 그러면 요리

학원을 다닌다거나 하는 요리사가 되기 위한 어떤 준비들이 있잖아요. 우리가 생각하는 흔한 준비들. 우리가 배워서 이 정도 수준이 되어야만 된다고 생각하는 것들. 근데 그럴 필요 없거든요.

　저는 음악의 음자도 몰라요. 계이름 외에 음악에 대한 지식은 전혀 없어요. 화성학? 몰라요. 근데 그냥 이렇게 하고 싶은 거 하면, 그것만으로도. 왜냐면 그것조차 시도 하지 않는 사람이 너무 많으니까. 그래서 주변 사람들이나 후배들한테 늘 해주는 얘기가 뭐냐 면, "잘할 필요 없다." 우리는 잘해야 성공한다는 고정관념을 가지고 있단 말이에요. 그래서 그 '잘'에 대한 부담감이 있어서 시도조차 못하는 경우가 많거든요. 근데 그렇지 않아요. 주변 보세요. 자기 스스로 무언가를 하는 사람 몇이나 돼요. 거의 없어요. 99%는 대부분 다 그냥 주변에서 정해진 틀대로만 가지, 자기 스스로 그 운명을 찢어서 다시 붙이고 개척하는 그런 사람 별로 없어요. 그래서 하기만 하면, 그리고 버티기만 하면.

　내가 무언가를 이루고 싶으면 그냥 바로 그게 되시면 돼요. 지금부터, 아님 내일 아침부터라도. 되기만 하면, 그것만으로도 가능성이 1%였던 사람이 진짜 한 70%까지 확 올라가는 것 같아요. 남들이 보기에 허접할 수 있겠죠. 주변 친구들이 웃을 수 있어요. 제 친구들도 그랬어요. 저는 감독 해야겠다 마음먹은 다음부터 옷도 일부로 감독처럼 입고 다니고 그랬거든요. 그래서 친구들이 네가 무슨 감독이냐 그러더라고요. 지금도 제 제자들은 "선생님~ 나중에 진짜 영화감독 되시면"이라고 말해요. "나 지금 영화감독인데?" 그러면 "아니요, 진짜 영화감독이요~!" 물론 애들이 말하는 게 어떤 건진 알죠. 어떤 수준을 얘기하는지도 알고. 근데 우리가 그 수준 따라가다가 아무것도 못 할 바에는, 차라리 허접하게라도 본인 스스로는 그게 일단 되고 나서 발전은 그 다음부터 하시면 되는 거예요. 그게 훨씬 빨라요.

민경: 중간에 어려웠던 적은 없으셨어요? 하고 싶은 일이 있다고 해서 정말 바로 다 할 수는 없는 거잖아요.

영화를 200편 정도 만들고 했을 때, 생각해보니까 나는 내 스스로 돈을 크게 한번 벌어봐야겠다는 생각은 안 했더라고요. 그래서 교직 딱 2년 했을 때, 교사 그만두고 그때까지 모아놓은 돈으로 강남에 바로 진출한 적이 있었어요. 영화를 스스로 만들고 하다 보니까, 스스로 하면 다 되는구나라고 생각한 거예요. 그래서 사업도 스스로 하면 되겠지. 바로 사장하지 뭐. 이 생각으로 그때 보증금 천 얼마 해가지고 그동안 교사 생활하면서 모아둔 돈으로 강남역으로 갔어요. 일부로 그 상징적인 곳으로 간 거예요. 강남역 일 번 출구로 나오자마자 보이는 오피스텔 제일 꼭대기 층을 얻었어요. 그래가지고 거기서 피디님이랑 저랑 둘이서 영상 회사를 만들었어요. 영상 광고, 뮤직비디오 이런 거 하겠다고. 뭐 결국 그 피디님이랑 저랑 둘이서 시트콤만 찍다 나왔죠.

가서 현실만 깨닫고 왔죠. 다시 한 번 각인 됐죠. 무언가를 하는데 꼭 돈이 필요하다고 생각하고 어느 정도 틀을 갖춰놓고 해야 된다고 생각하면 안 되는구나. 그러니까 저도 강남 가서 망한 것 같아요. 정말로 내가 그 당시에 회사를 잘 운영하고 싶었다면, 장소에 구애받지 않았을 텐데, 그때는 돈 들여서 굳이 구색을 갖춰서 강남으로 간 거잖아요. 그럴 필요 없었는데. 그러면 오히려 두려움이 생기죠. 잃을 것도 있고. 내가 이렇게 까지 했는데 안됐을 때 타격을 입을 것 같고.

민경: 그렇다면 그 이후에는 어떻게 극복하셨어요?

그렇게 강남에서 망한 경험을 해보고 안 되겠다, 영화를 한 편 만들어야겠다. 지금까지 내가 갖고 있는 총 에너지를 다 쏟아보자. 그래서 내 철학이 주변인들, 주변에서, 주변의 것 가지고 영화 만드는 거니까 진짜 철저하게 그렇게만 하였어요. 주변 배우들에다가 장소도 인천, 우리 동네에서만 찍고. 스토리도 내가 겪은 이야기들, 주변 사람들이 들려준 이야기 믹스해가지고 숫호구라는 영화를 만들었어요.

숫호구는 '(일부 명사 앞에 붙어)더럽혀지지 않아 깨끗한'[1]의 뜻을 더하는 접두사 인 '숫'과 어수룩하여 이용하기 좋은 사람을 비유적으로 이르는 말인 '호구'의 합성어이다.

영화 숫호구는 한 번도 연애를 해보지 못한 서른 살의 숫총각이, 우연한 계기로 어떤 생체 실험하는 박사의 실험대상으로 섹시하고 매력적인 아바타를 선물로 받게 되면서 벌어지는 일들을 담은 영화이다.

민경: 어려움을 극복하고 만든 영화가 대박이 났네요. 근데 이런 의문도 들어요. 분명 사업이 잘 안 되면 재정적으로나 정신적으로 타격이 상당했을 것 같은데 감독님께선 심지가 굳건하신 건지 아니면 '교사'라는 다시 돌아갈 직장이 있으니 어떤 부담들을 덜 느끼면서 하시는 건지…

---

1) 국립국어원 표준국어대사전

교사 자격증이 없었으면 아마 다른 직업이라도 했을 거예요. 만약에 교사 자격증이 없어서 공장에 들어가서 공장 노동자가 됐다고 하면, 아마 저는 학생들이 나오는 영화가 아니라, 공장 노동자들이 나오는 영화를 만들고 있을 거예요. 공장에서 이루어지는 어떤 판타스틱한 이야기들. 그 안은 무슨 거대한 소굴이고, 비밀 거래가 이루어고. 그런 나름대로의 영화를 만들 수 있겠죠.

하고 싶은 일을 하기 위해 돈벌이가 필요하다면 하세요. 저도 예전에는 올인 해야 하는 건 줄 알았어요. 본인들이 원하는 것만 해서도 돈이 나오는 수준이 되면 그땐 멈춰도 되지만, 그전까지는 부끄러워하지도 말고 힘들겠지만 힘들어하지도 마세요. 투잡을 할 때, "내가 지금 일하는 시간이야. 내가 저걸 위해서 하고 있는 일하는 시간이야"가 아니라, 잘 찾아보면 그 안에서도 내가 하고자 하는 것과 연결될 수 있는 매개가 많거든요. 제가 학교에서도 영화 만들 궁리를 하고 있는 것처럼. 또 그 안에서 리스키에 도움이 되는 활동도 되고, 여중생 팬을 확보하고 있는 것처럼.

민경: 감독님은 진짜 어떤 환경에 처해도 자신만의 스타일대로 잘 헤쳐나가실 것 같네요. 앞으론 어떤 영화를 만들고 싶으세요? 영화에 어떤 메시지를 담고 싶으신가요?

만들고 싶은 영화 되게 많아요. 스토리들이 되게 많은데 일단 제 영화의 공통점은 주변 일상 판타지라는 거예요. 정말 우리 주변에서 볼 수 있는 인물들이 주인공들인데 일어나는 일들은 되게 판타스틱한. 이미 우리 주변에 있는 것들을 어떻게 보느냐에 따라서 정말 다른 가치들이 얻을 수 있거든요. 그렇기 때문에 시각의 문제, 마음의 문제가 정말 큰 것 같아요. 우리 삶이 평범한 것 같지만, 절대 평범하지 않을 수 있다. 우리의 삶도 충분히 특별해질 수 있다. 시각의 변화를 줄 수 있는 영화를 만들고 싶어요.

민경: 감독님의 다음 꿈이나 목표인가요?

예전에는 최종 목표가 뭐냐, 최종 꿈이 뭐냐 라고 물어보았을 때, '없다'고 얘기했거든요. 없다. 그래서 더 재미있다. 뭐든지 지금 될 수 있을 것 같아서 재미있다. 그중에 하나 꼽는다면 영화감독으로는 끝까지 가보고 싶다는 얘기는 했었고 그랬었는데. 최근에는…

누군가의 롤모델이 되고 싶어요.

근데 그 롤모델이 정말 다양한 직업을, 일부로 내가 막 많은 직업을 해야지 해서 하는 게 아니라 진짜 내가 하고 싶었던 것들. 그런 것들을 스스로 이루어 나가는 모습을 보여 준 사람. 그런 사람이 되는 게 이제 제 꿈이에요.

.

.

.

생각이 바뀌면 보는 세상이 바뀌고 만나는 사람이 바뀌고 결국 그 자신도 바뀐다. 나는 내가 보는 세상을 바꾸는 중이었다.

목표가 생기자 몸이 먼저 움직였다.

내가 생각하는 이 미용은, 가족이라는 생각을 많이 해.

미용실 블랙앤화이트 원장 홍동희

목표가 생기자 몸이 먼저 움직였다.

백승기 감독님의 인터뷰 이후 나는 더욱 인터뷰에 대한 자신감이 붙었다. 일단 하면 그 뒤에 또 아이디어가 떠오르고, 아이디어가 떠오르면 다시 또 실천하게 되고 이러한 것들이 반복되다 보면 어느새 좋은 결과로 돌아오고 있었다.

백승기 감독님께서 제자들에게 자신이 하는 일을 다 오픈한다 하셨기에, 나 역시 주변 친구들에게 내가 하는 일을 말하기 시작했다. 내가 보고 느낀 것들을 나와 같은 진로 고민을 하고 있는 친구들에게 말해주고 싶었다. 또한 한편으로는 내 인맥으로는 도저히 인터뷰 섭외가 순조로울 것 같지 않았기에 주변 사람들의 도움이 필요하기도 했다.

친구들로부터 생각보다 다양한 아이디어를 얻었는데 그중 '블랙앤화이트'라는 미용실에 관한 이야기가 나의 귀를 사로잡았다.

블랙앤화이트는 작은 동네 미용실인데도 불구하고 항상 사람들로 북적거린다. 원장님 혼자 일하시기 때문에 기다림은 필수고 예약은 아예 안 받는다. 원장님보다 어린 사람들은 머리 자르고 나서 자신의 머리는 직접 감아야 한다.

미용실이 점점 더 대형화되고, 고급화되어가는 와중에 그 작은 미용실이 그렇게 잘 된다는 사실이 신기하기도 했고, 마침 내 사촌동생 중 하나가 미용사가 꿈이었기에 겸사겸사 그 미용실을 인터뷰 섭외 1순위로 올려놓았다.

며칠 후 나는 인터뷰 후보 검증 차 그 미용실을 가게 되었다. 원래 머리를 할 생각은 없었지만, 원장님에 대해 알아봐야 한다는 생각에 과감히 가장 시간이 오래 걸리는 펌 시술을 하기로 결심하였다. 부디 헛돈 들이는 것이 아니기를 바라며……

내 앞으로 이미 사람이 많이 있었기에 나는 미용실 소파에 앉아 차례를 기다리며 미용실 분위기와 원장님에 대해 꼼꼼히 살필 수 있었다. 남학생들이 유독 많았는데, 원장님께 '형'이라고 부르는 것이 굉장히 익숙해 보였다. 미용을 마친 학생들은 알아서 자신의 머리를 감기도 하고 빨래 건조대에서 수건을 걷어와 정리하기도 했다. 데스크에는 한 남자가 앉아 있었는데 직원인 줄 알았던 그 사람도 알고 보니 자신의 차례를 기다리고 있는 손님이었다. 심지어 어떤 아주머니는 급하게 문을 열고 들어오시더니 늘 그래 왔다는 듯 맡긴 택배를 찾아가셨다. 대형미용실에 익숙해 있던 내게 이런 모습은 상당히 생소했다. 이곳 분위기를 보아 원장님께 미용=서비스정신의 공식은 크게 적용되지 않는 듯해 보였다.

대략 이삼십 분을 기다린 후에 드디어 내 차례가 되었다. 내 목적은 원장님을 살펴보는 것이었기 때문에, 어떤 파마를 원하냐는 질문에도 그냥 알아서 해달라 했다. 머리를 하는 내내 나는 이리저리 눈치를 살피며 원장님에 대한 정보(?)를 캐냈다.

"미용은 얼마나 하셨어요?"
"사람이 많은데 예약도 되나요?"
"여기 쉬는 날은 언제에요?"
"어느 시간대가 가장 한가해요?"
"학생들은 원래 자기가 머리 감아야 해요?"
"동네 분들이랑 되게 친하신가 봐요~"

내가 하도 이것저것 물어보자 원장님 눈에 내가 좀 이상해 보였나 보다.

"아니 아가씨, 나한테 뭐가 이렇게 궁금한 게 많아요~"

미용실 분위기와 원장님께 여쭤본 몇 개의 질문에 대한 답을 듣고 나는 원장님께 인터뷰를 요청하기로 마음먹었다.

"하하, 사실 제가 책을 쓰려고 준비 중인데요. 제 책에 원장님의 인터뷰를 싣고 싶어서 그러는데 혹시 인터뷰해주실 수 있나요?"

머리엔 파마 롯드를 가득 매달고 거울을 통해 인터뷰 요청을 하는 내 모습이 상당히 웃겼다.

* * *

홍동희 원장은 중학교 삼 학년 때부터 미용을 시작해서 스무 살이 되던 해인 93년도에 미용사 자격증을 따고 지금까지 미용을 하고 있다. 미용을 시작할 당시에는, 미용은 여자들이 하는 일이라는 인식이 강했기 때문에 남자가 한다는 것에 대한 편견이 심했다고 한다.

하지만 어느덧 경력 이십 년 이상의 베테랑 미용사가 되었다. 홍동희 원장은 단순히 손님의 머리만 잘라주는 미용사가 아니다. 동네 학생들에겐 또 하나의 친한 형이며 오빠이고, 어른들에겐 든든한 이웃사촌이다.

민경: 왜 미용을 하시게 된 거예요?

그 당시 내가 다니던 미용실이 있었어. 지금 여기에(블랙&화이트) 애들이 오는 것처럼. 내가 중학교 1학년 때부터 3학년 때까지 계속 다니던 집이야. 거기 누님이 머리를 너무 잘 잘라주는 거야. 그래서 맘에 들었고. 근데 어느 날 누님이 나한테 물어보지. 너 머리 손질 잘하는데 미용 한번 해볼 생각 없냐고. 근데 그 당시는 남자가 무슨 미용을 하냐는 시대였어. 남자 미용사에 대해서, 성격이 여자 같을 것이다 아니면 여자 같이 하고 다닐 것이다 등의 편견들이 옛날엔 좀 심했지.

근데 중학교 방학 동안에 내가 그 누나를 찾아갔지. 생각은 있었어. 뭔가 해야 된다는 생각은 있었어. 옛날에는 집들이 다들 못 사니까, 너무 막 못 사니까 나도 돈을 벌어야 한다는 생각이 있었지만 고등학교는 졸업해야 되고. 그래서 그 당시에 한번 가보자 하고 누나한테 가가지고 "그럼 내가 어떻게 하면 되는데?" 하고 물었더니 일단 네 나이에서는 뭔가 다 알아야 되니까, 청소부터 하자 그러더라고. 그래서 중3 겨울 방학 때부터 시작하게 됐지. 고등학교는 상고로 들어갔어. 상고에서는 시간이 촉박하지 않잖아. 인문계가 아니니까.

민경: 그럼 처음에는 미용을 돈을 벌려고 하신 건가요?

아니지. 돈을 벌려는 목적만은 아니었지. 그때 내 한 달 월급이 십이만 원이었어. 십이만 원 받고 돈을 벌려면 힘들지. 아버지는 완강히 계속 반대하시는 상황이었고. 그래서 가출을 하게 되지. 그 당시에는 가출하면 해결이 됐어. 엄마 아부지가 잡아주는 거야. 다 해줘. 무슨 말인지 알아? 요즘은 부모님도 젊으니까, 나갈 거면 나가라 이런 식이잖아. 워낙 자기 개성이 강한 부모들이 많으니까. 옛날에는 무조건 집만 나갔다 오면 "미안하다. 하고 싶은 거 해봐." 이렇게 되는 거야. 나도 그렇게 가출해서 부모님의 허락을 받을 수 있었지.

민경: 그 이후로는 그럼 순탄하게 배우고 싶은 미용 맘껏 하셨어요?

내가 상고를 다녔는데 그 당시에는 고3 졸업하기 전에 취업해야 했었어. 근데 미용으로 취업이 안 됐어. 지금은 미용취업이 돼. 미용실에서 허가받으면 취업이 돼. 근데 예전에는 상고생도 미용 취업이 안 됐어. 그래서 나는 공장으로 들어갈 수밖에 없었지. 공장에 들어가서 구두 프레스 찍는 거 있잖아, 그거를 두 달을 했어. 두 달을 하다가 거기 있는 아저씨랑 합의를 봤지. 내가 말을 잘하니까. 그렇게 말을 잘하는 건 아니지만 그때도 말을 좀 했었어. 아저씨한테 "제가 미용을 해야 되는데…" 내가 되게 열망했었나 봐.

민경: 미용이 너무 하고 싶으셨던 거예요?

어. 너무 하고 싶었던 거지. 내가 아저씨한테 "아니 제가 아직 자격증은 없지만 미용사입니다. 미용을 원래 하고 있었고 미용 공부도 더 하고 싶은데, 취업 때문에 여기로 나오게 됐습니다. 근데 이렇게 꼭 여섯 시까지 일하고 미용실에 가면 너무 배울 시간이 없어서 그런데 우리 공장장님이 나를 위장취업을 해줬으면 합니다." 그 어렸을 때 벌써 이 얘기를 했지. 그때 나이가 열아홉.

그렇게 홍동희 원장은 공장장님의 도움으로 공장에서 일할 시간에 미용실에 가서 일하게 되었고, 거기서 번 돈으로 미용학원에 다니면서 미용 공부를 할 수 있었다. 93년도 12월에 처음으로 응시한 미용자격증 시험에 한 번에 합격하였고 다음 해에 군대에 가서도 이발병으로 차출된다. 수도방위사령부의 간부 이발소에서 군 복무를 하면서 그곳에 계신 베테랑 이발사에게 미용기술과 함께 가위에 대한 예의까지 배우고 전역하게 된다. 전역 이후 미용실에 일 년 정도 근무하면서 여성 머리에 대한 공부를 한 후 송파에서 자신의 첫 미용실을 거쳐 우여곡절 끝에 현재의 블랙앤화이트를 차리게 된다.

민경: 블랙앤화이트 차리고 나서는 어떠셨어요? 지금은 그 어디 큰 시내 미용실보다 잘 되고 있는데.

하… 우여곡절이 많았지.

민경: 초반에요?

그렇지. 처음에 들어왔을 때 하루에 손님이 두 명 세 명? 허허 두 명 세 명…집에 갈 때 보면 하루 매출이 삼만 원, 이만 원, 이만 오천 원, 삼만 오천 원. 그거를 육 개월을 지속하니까 사람이 맛이 가더라고. 대신 아니다 싶은 건 없었어. 나는 여기 좋아라 하고 온 거거든.

민경: 조급한 마음은 없으셨어요?

조급하진 않았어. 망할 때 망하더라도 여긴 살려야 된단 생각에. 블랙앤화이트 오기 전에도 한번 미용실을 차려봤고, 나는 손님이 원래 많았고. 나는 어딜 가든 손님 많은 집만 골라서 들어갔어. 그러니까 내가 있어서 많았던 게 아니라 많은 집만 어떻게 간 거야. 내가 손이 빠른 거지. 많은 집만 가서 나는 머리를 진짜 많이 자르던 사람인데 여기 와서 손님이 하나도 없으니까 너무 힘들었어. 물론 돈도 그때 마이너스 많이 났지. 초반 이 년 동안 거의 사천 오천 빚을 졌으니까. 근데 손님들은 몰라. 왜?

민경: 가격이 그대로여서?

아니지. 내가 티를 안내니까. 나는 지금 하고 예전하고 똑같아. 내주머니에 돈이 없으니까. 다 애기 엄마 주니까. 돈이 많이 모이면 내가 거들먹거릴 수 있겠지. 그렇지만 예전하고 지금 하고 똑같아. 돈은 오늘 번 것밖에 없지. 어제 번 건 없어. 와이프한테 다 주니까.

그러다 보니 친구들도 잘 안 만나게 되고. 내가 너무 힘들게 벌었는데, 돈이 나갈 수가 없는 거야. 내 마음에서 돈이. 머릿속에서는 놀아도 된다고 생각하는데, 마음은 안 그래. 가지 말라 그러고. 그게 지속되다 보니까 너무 힘들고, 그래서 한 칠 년 전에 위궤양 판정을 받았지.

민경: 스트레스가 심하셨나보네요.

속이 너무 아픈 거야. 밥도 잘 못 먹고, 맨날 일만 하고 빚은 빚대로 계속 나오고. 내가 돈을 빚지니까 우리 작은 형이 나를 도와줬어. 오천만 원이라는 돈을 과감하게 나한테 빌려줬지. 욕은 욕대로 먹고. 너 왜 그렇게 살았냐. 근데 그렇게 살 수밖에 없었어. 미용실을 차렸는데 장사는 안 되고 빚진 돈은 계속 늘어나니까.

나중에 형 돈을 갚고 나니까 이천만 원이라는 돈이 생기더라고. 그걸 갖고 장모님 댁 지하로 들어가게 됐어. 그때는 이제 미용실이 자리가 잘 잡아서 한 달 매출이 육백 칠백 이렇게 되니까 남들은 부자인 줄 아는 거야. 이 사람 어우 돈도 많이 벌고. 근데 돈은 많이 버는데 갚을 돈이 너무 많고 또 모아야 될 돈도 많으니까 그렇진 않지.

민경: 지금은 그럼 경제적으로는 많이 나아지셨어요?

경제적으로는 많이 모은 건 없지. 모았다면 여태껏 집 사고 조금 대출받을 수 있을 정도로 내가 벌었다는 거는 사실인데, 차도 있고 물론. 근데 중요한 건 지금은 이제 내가 아이들이 뭐 먹고 싶다 하면 먹으러 갈 수 있는 정도의 수준까지는 왔지. 예전에는 뭐 먹으러 가자 그러면 "야, 먹지 마." 하하 뭐 진짜 그럴 때가 있었고. 아빠로서 비굴할 때가 있었지.

민경: 하루에 몇 명 정도 자르러 와요?

예전에 학교에서 머리 검사를 했을 때는 하루에 칠팔십 명? 제일 많이 잘라 봤을 때가 백사십 명. 지금은 머리 검사를 안 하니까 좀 빠진 게 육십 명 정도?

민경: 그럼 학생들이 머리를 스스로 감는 이유가, 원장님이 다 감겨줄 수 없으니까 그렇죠?

그렇지. 원래 나는 처음부터 백 퍼센트 다 감겨 주는 거였어. 처음에 애기 엄마랑 같이 일할 때는 오천 원에 머리도 감겨줬는데, 애기 엄마가 힘들어서 그만두고 아가씨들도 구했다가 힘들어서 나가버리고 그러다 보니까 젊은 애들은 다 직접 감으라 그러지. 사람을 구하려니 괜히 사람 구하는데 정신 팔릴 것 같고. 그래서 손님들한테도 양해를 구하고, 아저씨들이나 연세 좀 있으신 분들은 내가 직접 감겨드리지만 젊은 애들은 네가 해라. 허허.

민경: 보통 미용실은 서비스가 굉장히 중요하잖아요. 근데 손님이 직접 감는 미용실이라 하면, 처음 오시는 분들은 좀 언짢아하실 수도 있을 것 같아요.

이 기술이라는 거는 나도 잘해야겠지만 손님들도 나한테 잘해야 해. 나는 그런 마인드를 갖고 살아. 손님이 나한테 왔을 때는 내가 정말 고마웠겠지. 얼마나 고마웠겠어. 그렇지만 십 년이 지난 지금, 내가 당신 머리 잘라주고 있으면 당신도 나한테 고마워해야 해. 이제 그런 마인드로 나가고 있어. 내가 없으면 다른 데서 자르면 되겠지만, 기본적으로 내가 십 년 동안 당신 머리를 만지고 있으면 당신도 좋은 거고 나도 좋은 거니까 같이 고마워해야 되지. 왜 내가 당신한테 무릎을 꿇어야 되지? 나는 당신을 예쁘게 해주는 사람인데. 뭐 그런 마인드.

대신 막 하진 않지. 근데 이런 마음은 갖고 있어. 이제는 베테랑이잖아. 내가 이 가격에, 이 가격은 따지지도 않아. 내 기술에, 나는 정말로 22년, 23년 된 미용사가 남자 머리를 자르면서, 이 뭐랄까 초라하게 있는 것보다 열심히 같이 서로 이렇게 이 세상을 살아나가자 그런 마인드. 왜 날 못 잡아먹어서 안달이야. 이런 사람들도 있어. 미용하다 보면 거들먹거리면서 들어오는 분들이 있어. 난 그런 거 싫어해. 가라 그래.

민경: 가라 그래요??!

어. 허허 나는 안 잘라. 말해. "사장님 왜 이렇게 거들먹거리세요?" 내 나이 사십인데, 서른 한 두세 살짜리 손님 중에 가끔 그러는 사람이 있어. 미용사들을 하찮게 보는 거지. 근데 내가 어려 보이는 편이라 나를 또래로 봐서 그런 것 같기도 해.

민경: 원장님의 미용 철학인가요?

어. 나만의 철학이지. 나한테 머리 자르러 들어올 때는 이미 나한테 다 내려놔야 돼. 나도 날 좀 힘들게 하면 머리 잘못 나와. 나 편하게 하잖아? '마음대로 하세요~' 하면 정말 잘 나와. 그게 내 스타일이야. 또 우리 한국 남자들이 그렇잖아. 칭찬을 해주면 사람이 올라가. 근데 학대를 하면 사람이 점점 바보가 되어버려. 맞지? 그런 것도 내 철학에 있어. 무조건 칭찬해주기.

민경: 칭찬은 고래도 춤추게 한다고.

그렇지. 고래도 춤추게 한다고 나름대로 칭찬해주면 그 사람이 얼마나 좋은 사람이 되겠어. 내가 돈을 잘 번다는 건 아니지만, 그렇게 칭찬하는 법을 좀 많이 알지. 나는 내 스스로도 "난 잘해"라는 말을 많이 해.

민경: 본인 스스로에 대해서요?

스스로 평가를 "아, 어떻게 이렇게 잘하지?" 이런 거 있잖아. 그거를 좀 많이 하지. 하하하.

민경: 그렇다면 원장님이 생각하는 미용은 어떤 건가요?

나는, 내가 생각하는 이 미용은, 가족이라는 생각을 많이 해. 그래서 남들은 아는 척 안 할지 모르지만, 나는 밖에 지나가다가 내가 아는 동생, 내가 아는 형님, 내가 아는 사장님, 내가 아는 사모님 만나면 무조건 먼저 인사해. 그게 내 마인드야. 내가 이렇게 하는데 그 사람들도 나한테 이렇게 안 하면 안 된다는 마인드를 갖고 있기 때문에 내가 가는 거야. 먼저 다가가는 거지. 그런 스타일이지.

여기 왔던 애들이 지금은 너무 많이 커서, 성인들이 돼서 결혼한다 하니까 축의금 내러 결혼식장 갔다 오고 했어. 이제는 그 아이랑 그 와이프랑 그 아기까지 셋 다 우리 집에 오거든. 정말 고맙지. 그리고 나한테 십구 년 정도 자른 손님도 계셔.

민경: 십구 년이요??

어. 지금 내가 군대 제대한 지가 십칠 년인가 십구 년 됐는데, 그분은 내가 군대 가기 전부터 잘랐던 손님이거든. 어렸을 때 내 기술이 마음에 드셨대. 그 손님이 아직도 와. 경조사 같이 챙겼고. 그 가족의 딸내미가 열아홉 살이고 아들이 열여덟 살이야. 근데 딸내미 아기 때부터 잘라가지고 지금도 잘라.

민경: 기억에 남는 손님들이 되게 많으시겠어요.

다 기억에 남지. 나는 사람 잘 기억해. 참고로 나는 사람을 전부는 아니래도 나랑 얘기했던 사람은 얼굴이 기억이 나. 손님들을 내가 모를 줄 알겠지만, 기억을 잘해야 그 사람의 머리를 어디까지 잘랐는지 알 거든. 만약 내가 머리 스타일을 기억을 못 하면, 그 손님은 한번 오고 나서는 잘 안 오게 되지. 그래서 머리가 복잡할 때가 많아. 깜박한 적은 별로 없고.

민경: 헷갈리신 적은 없으셨어요?

한 명 있었어. 그땐 정말 죄송했는데… 헷갈려서 내가 스포츠머리를 만들어버렸어. 한 분은 두 달 만에 와가지고 스포츠로 자르고, 한 분은 밑에만 정리하시는 분이야. 근데 어느 날 손님이 한 분 오셨는데 생김새도 비슷하고 머리도 똑같이 하얀 머리인 거야. 한 달 보름 만에 와가지고, 내 입장에서는 똑같으니까 "좀 잘라드리겠습니다." 하고 스포츠로 잘랐지. 근데 나보고 하는 말, "원장님 오늘은 왜 이렇게 짧게 잘라요?" 그래서 내가 "네?" 그런 다음에 얼굴을 다시 보니까 이 손님이 그 손님이 아니야. 그래서 내가 "사장님 오늘은 짧은 게 어울리실 것 같아요." 그러고 잘랐지.

민경: 만족스러워하셨어요?

지금도 오셔. 하하하하. 그리고 그 뒤로 내가 사과드렸어. 그때 내가 착각을 해서 짧게 잘랐다. 죄송하다 그랬더니 그때 시원하셨대. 그런 손님도 있지.

'원장님과의 인터뷰는 마치 한편의 인간극장을 보는 기분이었다. 원장님의 말 한 마디 한 마디에서 그리고 미용실 구석구석에서 그간의 삶의 모습들이 느껴졌다. 자신과 꼭 맞는 직업을 찾아 어렸을 때부터 꾸준히 발전시켜온 모습이 부럽기도 했다.'

민경: 제 사촌 동생도 미용을 해요. 그쪽으로 가려고 열심히 공부하고 있거든요. 미용을 하려는 친구들이 많은데 조언 몇 마디 해주실 수 있으세요?

내가 요즘 아이들한테 하고 싶은 말은 미용을 할 때 하더라도 너무 한가한 집에서 미용을 하지 말고 정말 바쁜 집에 가서 미용을 배우라는 거야. 요즘 아이들 생각이 좀 편한 일을 찾다 보니까, 손님 없는 미용실로 들어가서 직원 생활을 하는 게 편하다 그러더라고. 근데 뭘 배우겠냐는 거지. 손님이 많으면 계속 일을 할 수 있기 때문에 빨리 배울 수 있거든. 손님이 없으면 그 원장도 자기 손님 받아야 되는데, 원장이 직원한테 손님을 줄 순 없겠지.

또 일단 미용을 하려면 첫 번째가 돈이 목적이 돼서는 안 돼. 돈이 목적이 됐을 땐 돈 때문에 끌려다녀. 미용하려는 애들한테 "십만 원 더 줄 테니까 우리 집으로 와서 일해라", 이런 스카우트 제의가 미용실에서 많이 들어와. 그러다 보면 미용실을 여기저기 옮겨 다니게 되겠지. 또 친구들도 여러 군데 미용실에 있을 것 아니야. 근데 그 친구한테 찾아갔는데 그 친구 원장님이 너무 잘해주는 거야. 그럼 (원래 있던 곳을) 나와 버리는 거야. 근데 옮겨 가도 똑같아. 남의 떡이 더 맛있어 보이는 것처럼. 다른 미용실을 가도 미용실 원장님은 자기 직원한테는 못해. 마음이야 잘하겠지. 그렇지만 당해봐야 알잖

아. 서로 살아봐야 안다고. 대우가 너무 좋다 그러면 무언가 있는 거야. 무언가가 힘든 거야. 대우가 좋다면, 일단 얼마나 잘 가르쳐주느냐, 빨리 나는 그런 걸 생각을 했으면 좋겠어.

그리고 한 곳에서 지긋이 있다가 어느 정도 디자이너가 될 때 즈음 되면 아마 그 한 곳에서 나가야 될 거야. 거기 손님들은 자기 머리 감겨주던 아가씨한테는 머리 자르기 싫거든.

민경: 전문 디자이너한테 자르고 싶어 하죠.

돼도. 디자이너가 되어도. 뭔 말인지 알지? 만약에 내가 밑에 애를 잘 가르쳐서 디자이너가 됐어. 그래도 얘는 여기서는 디자이너가 아니야. 그냥 스텝이야.

민경: 아아, 계속 스텝으로 보던 애니까.

그렇지. 손님 입장에서는 맨날 어리게만 보던 애가 내 머리를 건든다면 짜증 나지. 그래서 내가 하고 싶은 얘기는 일 년이면 일 년, 이 년이면 이 년 거기서 배웠다가 어느 정도 배웠다 싶으면 옆으로 빠져야 해. 같이 오래 묵을 수는 없어. 맨날 밑에서 시다 할 수는 없잖아.

내가 그거는 이것(인터뷰) 때문에 얘기하는 건 아니고, 거의 대부분의 사촌 동생들한테 얘기해주고 싶은 거야. 왔다 갔다 하더라도 일 년 이상 좀 진득하게 있어야 배울 건 배우고 가는 거야. 그리고 미용실 선생님들 하고 잘 놀면 좋아. 선생님들하고 놀면 배울 수 있는 게 있어. 근데 스텝들하고 놀면 욕만 늘어. 서로 이 선생 어떻다

저 선생 어떻다. 근데 선생님하고 놀면 머리 스타일은 배울 것 아니야.

　학원 같은데 연구반이다 해서 들어가 봤자 돈만 들고 백날 스텝이야. 그리고 그렇게 천원 이천 원 받았던 그 정신하고 만 원 이만 원 받았던 정신하고는 다르거든. 어떤 게 다르겠어? 만 원, 만이천 원 받는 사람들은 내가 돈을 받고 일하는 거기 때문에 참 열심히 잘 잘라주어야겠다 이런 마음을 갖겠지. 천 원 받은 사람들은 다른 마음을 갖는단 말이야. 배우는 입장이잖아. 아무리 연구를 해도 만 원 받은 사람하고는 달라. 돈 받고 떨면서 자른 거랑, 아직 배우는 입장이지만 고깟 천 원 받았네 이러면서 자른 거 하고는 다르다고. 그렇기 때문에 한 곳에서 진득하게 일 년에서 이 년 딱 있다가, 조금 더 자기가 올라간 상태로 다른 곳으로 옮겨가야 해. 그럼 머리를 자를 때 임하는 마음가짐부터가 달라지지.

민경: 언제 가장 보람을 느끼세요?

　보람…보람을 느낄 때가 맨날 많지. 이제 집에 갈 때.

　내가 참 오늘 열심히 일했다.

　돈을 보고 얘기하는 건 아니고, 오늘은 사람이 얼마나 나한테 자르러 왔는지, 오늘은 무슨 일이 있었는지 생각해볼 때 많이 보람을 느끼지.

　특히 파마를 하게 되면 웨이브가 내가 생각한 대로 잘 나왔을 때.

나는 파마를 할 때 기본적으로 같이 얼굴도 많이 보지만, 손님이 원하는 쪽으로 거의 한 팔십 퍼센트를 맞춰드리고, 나머지 이십 퍼센트는 될 거와 안 될 거를 말씀 드려서 조정하는 쪽으로 하지. 그런 쪽으로 했을 때 파마가 잘 나왔거나 서로 마음에 들었을 때 보람을 느끼지. 염색도 내가 색깔을 뺐을 때 마음에 드는 색이 나오면 보람을 느끼지. 빨간색을 빼야 되는데 파란색이 나오면 보람을 안 느끼겠지? 그런 거. 나는 그냥 당연한 거에 보람을 느끼는 거 같아. 일반적으로.

민경: 미용 일 말고 다른 일 생각해 보신 적 있으세요?

없지.

민경: 한번도요?

없지. 할 수가 없었지. 사는 게 너무 바쁘다 보니까. 어렸을 때 다른 거를 해야겠다고 마음먹었다면 아마 어렸을 때부터 미용을 안 했겠지? 그리고 중간에 그만뒀겠지? 근데 중간에 그만둘 생각이 없었어.

한 번도 안 쉬어본 것 같아. 22년간 미용을 하면서 한 번도 미용에서 손을 놔 본 적이 없는 것 같아. 난 미용을 계속했어. 누가 뭐라 그래도.

민경: 언제까지 하실 거예요?

평생이지 뭐. 내가 평생직장을 찾았어. 내가 고등학교 이 학년

땐가 삼 학년 때 어차피 내 친구가 머리를 자른다 해가지고 어떤 미용실을 찾아 들어갔어. 들어갔는데 나이가 한 오십대 되는 아저씨가 친구 머리를 잘라주는 거야. 나는 미용사니까 안 잘라요 그러고 말았어. 근데 오십 대 아저씨가 머리를 잘라주는데 되게 멋있어 보이는 거야. 그래서 지금도 궁금해. 그 아저씨가 지금도 하고 계신가. 지금은 내가 이제 사십 대니까 그 아저씨는 벌써 칠팔십 대 됐을 텐데. 벌써 이십 년 전 얘기니까. 돌아가셨을 수도 있겠다.

　뭐 어쨌든. 그런 생각을 좀 했었어. 이 직업은 확실히 나이가 먹어도 할 수 있겠구나. 앉아서 머리 자르면 되겠구나. 앉아서 하면 그렇게 힘든 일은 아니니까. 힘든 건 서 있어서 그렇고 사람들하고 대화를 많이 나누니까 이제 입에서 단내가 난다 그러지.

　．

　．

　．

　인터넷으로도 TV로도 찾을 수 없는 진정한 미용 장인.
　나는 그렇게 파마 값으로 발로 뛰는 법을 배웠다.

엄마, 여자, 그리고…

* 인터뷰 당사자께서는 본인의 신원이 밝혀지는 것을 원치 않으셨기 때문에 성함과 자세한 소속은 밝히지 않겠습니다.

엄마, 여자, 그리고…

나는 이제 달라지고 있었다. 몇 번의 값진 만남 덕분에 내 안에선 긍정의 에너지가 점점 솟구쳤다. 꿈을 찾을 수 있겠다는 기대감, 자신감, 목표의식이 나를 사로잡았다. 나는 이러한 나의 변화를 텔레비전에서 강연 프로그램을 보면서 깨닫게 되었다. 예전에는 뜬 구름 잡는 이야기로 들렸던 강연의 내용이 내 마음에 와 닿기 시작한 것이다.

"맞아…"
"그래!"
"그렇지."

강연자들 한 마디 한마디에 고개가 끄덕여졌다.

신이 났다. 내가 느낀 것, 배운 것들을 텔레비전에서도 들으니 마치 어떤 어려운 문제의 정답을 먼저 맞춘 학생이 된 것처럼 기뻤다. 나는 옆에서 함께 TV를 시청하던 엄마에게 나의 기쁨을 그대로 표현했다. 엄마도 강연내용에 당연히 공감할 줄 알았던 것이다. 하지만 다음에 이어진 엄마의 말에 내 가슴은 내려앉았다.

"민경아 나는 지금까지 꿈을 가져본 적이 없는 것 같아. 내 꿈이 뭐였는지 기억이 안 나… 그냥 살림하고 너네 키우면서 오다 보니 어느새 지금이야."

엄마는 특히 엄마 또래의 한 강사의 강연을 듣고 무척이나 우울해하고 슬퍼하셨다. 사람과 어울리며 사회생활을 하는 것을 좋아하시는 분이신데 결혼 후 집안일과 내조, 자식들 뒷바라지하시느라 엄마가 좋아하는 일은 많이 못 하시며 사셨다. 지금이라도 무언가를 시작하고 싶어 하셨지만, 무엇을 해야 좋을지, 지금 나이에 어디를 가야 할지 혼란스러워하셨다.

나는 나만 불행하다고 생각했다. 꿈을 키우지 못한 나만 불쌍하다 생각했다. 하지만 그건 정말 이기적인 생각이었다. 비록 잘못된 꿈을 향한 공부였지만 그 역시 나를 위한 것이었다. 목표가 있는 동안은 공부만 하는 내 스스로를 불행하다 여기지 않았다. 다만 그 이후, 내가 잘못 생각했단 생각에 후회가 되었고 그 원망을 엄마에게 많이 돌렸다. 하지만 엄마는, 우리 엄마는 내게 해줄 수 있는 최선을 다해주셨던 것이다. 엄마는 내가 공부할 수 있도록 지원을 아끼지 않았다. 때론 엄하게 때론 든든하게 나를 밀어주었다. 엄마만의 방식으로 나를 위해 희생하였다. 나는 나를 위해 살았고 엄마도 나를 위해 살았다.

엄마의 진심을 이해하지 못하고 원망했던 생각에 마음이 아팠다. 나도 모르게 엄마가 자신의 이름보다는 아내와 어머니로 불리며 사는 모습을 당연하다 여기고 있었다.

엄마의 한숨 섞인 말은 한동안 내 마음속에 맴돌았다. 나 혼자 행복을 찾고 있는 것 같아 미안했다. 엄마에게 뭔가 해주고 싶었다. 그러던 중 정말 감사하게도 오빠의 지인 분을 통해 경기도의 한 백화점에서 근무하시는 어떤 이모님을 소개받게 되었다. 오빠의 지인 분은 같은 백화점에서 근무하면서 이모님을 꾸준히 뵈어왔는데, 매번 그분을 통해 많이 배우고 감동한다고 했다. 우리 엄마 또래의 분이신데, 가정일과 바깥일 둘 다 잘 이끌어 나가시며 자신의 꿈까지 놓치지 않은 분이라 했다. 나는 두말 않고 바로 연락처를 달라고 했다. 엄마와 비슷한 처지의 분이 어쩌면 현재 엄마가 원하고 있을 그 삶을 살아가고 있는 모습은, 엄마에게 분명 큰 용기가 될 것이라고 생각했기 때문이다.

이번 인터뷰는 엄마를 생각하며, 엄마에게 도움이 될 수 있는 조언들을 구하기 위해, 엄마가 남은 인생을 좀 더 활기차게 사시길 바라는 마음으로 진행하게 되었다. 우리 엄마뿐만 아니라 다시 새로운 도전을 꿈꾸시는 다른 모든 어머니도 이 글을 읽고 조금이라도 용기와 위안을 얻으셨으면 좋겠다.

* * *

이모님은 올해로 팔 년째 경기도의 한 백화점에서 근무하고 있다. 결혼 전엔 사회생활을 하고 있었지만, 결혼과 동시에 모든 일을 그만두고 가정주부로서의 삶을 살았다. 하지만 이모님은 언제나 자신의 옛 꿈과 엄마와 아내가 아닌 본래의 '나'를 잃어버리지 않았다. 이에 그녀는 자신의 환경이 허락하는 대로 가정에서는 엄마와 아내로서, 사회에 나와서는 본래의 '나'로서의 삶을 멋지게 살아가고 있다.

민경: 사회생활을 하고 싶다는 생각은 계속 있으셨어요?

꿈은 많았지~ 옛날에 내가 맨 처음에 제일 하고 싶었던 건 가수. 그런데 우리 아버지가 엄청 엄하셨거든. 그래서 내 마음대로 못하고. 지금도 아주 그 꿈을 버린 건 아니지만…….

결혼하기 전에는 일을 했지. 아가씨 때 약국에서 한 칠 년 있었나? 결혼하기 바로 직전에는 유치원에서도 일하고.

민경: 결혼하시고는 일을 바로 그만두셨어요?

결혼하고는 일을 그만뒀지. 우리 시어른들을 모셔야 되니까. 그때는 내가 시골에 있었지. 왜냐하면 우리 신랑은 직장 따라가야 했기 때문에 나 혼자서 어른들 모시고 있었지. 시어머니 일찍 돌아가시고, 시아버님이랑 시동생들이랑 같이 살다가 이제 시아버님 돌아가시고 애들 크면서 일을 다시 하게 됐지. 그 중간에 학교도 다니고.

민경: 이모님께서요? 뭐 배우시러?

방송통신대 가정학과에 들어가서 삼 학년까지 공부하다가 중퇴했어. 애들한테 내가 필요하니까 나까지 공부한다는 게 힘들더라고. 또 애들이 셋이다 보니까. 그래서 지금은 내가 포기하고 나중에 애들 다 크면 그때 해야 되겠다 그런 생각을 했지.

민경: 그럼 결혼 후 언제부터 일을 시작하신 거예요?

우리 막내가 다섯 살 될 때, 그때부터 나오기 시작했어. 우리 큰애보고 막내 잠깐 보라하고 애 잘 동안에. 아는 사람이 식당을 하는데, 잠깐 바쁜 시간, 점심시간에 가서 알바 해주고 오고. 돈을 버니까 참 좋더라고. 조금씩이라도 버니까 애들 과자 값이라도 하고. 그게 참 좋더라고.

근데 아르바이트는 우리 아저씨 몰래 했지. 나중에 애들 좀 크고 나서는 아는 언니네 식당에서 일했어. 계산대를 봐 달라 해서 한 삼 년 좀 넘게 일을 했었거든. 거기서 일을 하는데 너무 늦게 끝나더라고. 원래 열 시까지 하는데, 열 시에 온 적이 거의 없고 항상 늦게 오게 되더라고. 손님이 있으면 빨리 못 나오고, 미안해서 못 나오고 하다 보니까 안 되겠더라. 그래서 아는 사람소개로 여기 백화점으로 오게 됐지. 그때가 2005년도. 그때 와서 이제 지금까지.

민경: 엄마이자 아내로서 사회생활을 하기 위해 밖으로 나올 때 가정과의 갈등은 없으셨어요?

갈등 많았지. 처음에 내가 본격적으로 나올 때는, 집에서 애들만 기르고 살림만 하던 사람이 나가서 어떻게 그거를 하려고 하냐고 그랬지. 싸우기도 다투기도 하고 그랬는데, 내가 이제 하는 걸 보고 그래도 조금 적응을 해가나 보다 하고 자기가 느꼈나 보지. 내가 힘들다 소리를 안 했어 집에 가서. 그만두고 가지 말라 할까 봐.

민경: 백화점 일은 어떠셨어요?

여기서 일을 하면서 여기 직원들을 대상으로 노래를 가르쳤어. 내가 가수가 되는 거는 나이가 있으니까, 이제는 가르치는 거. 근데 매장에서 우리 하는 일도 힘든 데다가 또 내가 노래 선곡도 해야 되고, 노래 선곡한 거 프린트 해와야 되고 그리고 내가 노래 공부도 해야 되니까 힘들더라고. 결국에는 대상포진이라는 걸 앓고 가르치는 거는 그만 뒀지. 하지만 나는 언제든지 내가 또 할 수 있으면 하리라 라는 생각은 하고 있어.

민경: 그 일은 노래 가르치는 일을 말씀하시는 거죠?

노래강사. 이제는 공부해서 사람들 가르치는 걸 할까. 그래서 일하는 중간 중간에 웃음치료사 자격증, 레크레이션, 리더십 따놓고, 작년에는 심리상담사 자격증도 따 놨어. 노래만 가르치는 그런 사람이 아니고 남의 마음까지 달래주는 그런 사람. 내가 여기 있으면서 너무 많이 상처를 받아서 그걸 생각하면서 공부를 해서 자격증을 땄지.

민경: 일하시면서 상처받은 적이 많으신가 봐요.

여기 와서 힘든 거 진짜 여러 번 많이 겪었지. 지금도 그 생각하면 눈물이나. 고객하고 그런 일들이 많았어. 직원들이 못하면 고객들이 상담실에 올라가서 컴플레인을 거는데, 그러면 우리가 고객 상담실로 불려 올라가거든. 별 잘못도 없는데 직원이 아무리 잘했어도 고객이 일단 컴플레인을 걸면 직원 말은 들어주지도 않았어. 그래서 그때는 올라가서 진짜 한 시간, 한 시간 반 동안 울었었거든. 막 억울하기도 하고. 그런 일이 있었어. 사실은 그게 별거 아닌데 얘기만 나와도 눈물이 나네.

민경: 사람 대하는 게 진짜 힘든 것 같아요.

힘들어. 나는 여기서 있으면서도 갈등이 참 많았어.

민경: 근데도 왜 그만두지 않으시고 계속 일을 하시는 거예요?

근데 아무 일도 안 하고 가만히 있으면 내 자신이 너무 무능하게 느껴져. 아직까지는 내가 젊다고 생각을 하는 거지. 뭔가를 해야 되지 놀면 안 된다는 게 있기 때문에. 지금은 나이가 드니까, 그래 내가 이제 일을 해봐야 얼마나 하겠나 싶기도 해. 사실 열두 시간 이상 서서 일 한다는 게 참 힘든 거거든. 그냥 뭐 큰일을 안 해도 서 있는다는 것 자체가 힘들어. 그래서 하는 데까지 해보고 내 체력이 정 안 따라주면 그때 그만 두고 내가 하고 싶은 일을 찾아서 해도 되리라 라는 생각을 하지. 그래서 자격증도 따놓은 거고.
항상 멈추어 있지 않은 것 같아. 뭔가는 해야 된다는, 준비해봐야 된다는….

민경: 왜 자꾸 그렇게 뭔가를 하시려 하세요?

가만히 있는 것보다 뭔가를 하고 있으면 내 자신이 아직까지는 그래도 뭔가 꿈을 가지고 앞으로 가고 있구나 싶으니까. 옛날 젊었을 때 그 꿈을 다 이루진 못하지만 나는 여전히 도전하고 있구나. 도전을 한다는 그 마음 자체가 그냥 좋은 거지. 뭘 굳이 막 해서가 아니고. 이렇게 일하면서 돈 벌고 자격증도 따놓으면 내가 앞으로 살아갈 대비를 하는 것 같은 느낌이 들어. 예를 들어서 내가 환갑까지, 육십 살까지만 돈을 번다 그러면 내가 구십 살까지 산다고 쳐도 삼십 년 동안 애들한테 다 손 벌리고 있으면 안 되잖아. 그러니까 내가 무언가를 즐기면서 살려고 이제 미리 준비하는 거지.

민경: 바깥일 하시면서 집안일도 하시려면 체력이 정말 중요하시겠어요.

쉬는 날이면 여기만 안 나온다뿐이지 집에서 할 일이 많아. 종일 그냥 반찬하고 빨래하고 하다 보면 오히려 더 늦게 자.

힘들지. 왜 안 힘들어. 그래도 우리 가족들이 많이 도와줘. 그러니까 하는 거지. 지금은 여기(백화점) 일은 별로 힘들지 않은 것 같은데, 익숙하니까. 근데 이제 체력이 안 따라줘. 옛날에 비해서 일이 훨씬 힘이 덜 드는데 체력이 안 받혀주니까 이제는 나이는 속일 수가 없구나를 진짜 절실히 느껴.

민경: 이모님 말씀을 들으니, 정말 자기가 하고 싶은 일을 하기 위해서는 나이가 크게 중요하지 않다는 생각이 들어요.

응. 난 크게 상관없다고 생각을 해. 그리고 내가 어떻게 마음먹느냐가 참 중요한 것 같아. 근데 열정을 가지고 해야 돼. 뭐를 한 가지

하려고 한다면. 열정을 가지고 해야 되는데, 그 열정이 없으면 꿈을 이룰 수가 없다라고 생각해.

민경: 자식 분들이 엄마의 열심히 사는 모습을 보면서 정말 많은 것들을 느낄 것 같아요.

그때 한창 공부하고 할 때는 우리 애들도 아직 어렸거든. 우리 막내가 아들인데 애가 학원을 안 가려고 하더라고. 학원에 데려다 주고 내려오면 벌써 이렇게 따라오는 거야. 그래서 나중에 우리 아들한테 "그렇게 학원이 가기 싫어?"라고 물어봤더니 가기 싫대. "그러면 뭐하고 싶어?" 엄마랑 같이 놀고 싶대. "그래? 그러면 엄마랑 같이 놀고 학원도 가지 말고 그 대신에 학교만 열심히 다녀라." 그래서 학교 갔다 오면 딱 내가 가방 받아가지고 간식 챙겨주고 밥 먹고 그냥 노는 거야.

우리 애랑 같이 놀고 나서 나는 또 열심히 공부를 하지. 밥 먹고 집안일 하고 애들 뭐 시키고 하는 시간 외에는 항상 책을 잡고 공부를 했어 그땐. 어느 날 우리 아들이 놀다가 땀을 뻘뻘 흘리면서 와가지고

"엄마 뭐하고 있어요?"
"엄마 공부하지."
"아까부터 공부하더니 아직까지 공부해?"
"엄마가 모르는 게 많아서 공부라는 게 끝이 없단다. 아무리 나이가 먹어도 죽을 때까지 공부해야 되는 거야. 그러니까 엄마가 학원도 보내주려고 하지. 근데 재욱이는 놀고 싶을 때 많이 놀아야 해."
그랬더니 얘가 점점 느끼기 시작하는 거야. 그러더니 언젠가부터

자기도 학원 보내달라는 거야. "왜? 놀아야지 더 놀아야지." 아니래. 엄마도 이렇게 공부하는데, 나도 공부를 해야겠대. 그리고 그때부터 공부를 하려고 하더라고.

아… 애들한테는 말로 뭐 이거 해라 저거 해라 하는 것보다 몸소 보여주는 게 중요하구나. 부모의 말과 행동이 곧 애들의 교과서구나를 그때 많이 느꼈지. 그래서 아무리 자식들한테 이거 해라, 저거 해라, 공부해라 하는 건 소용이 없어.

지금은 뭐 우리 애들이 늦게 오고 하니까 만나기도 힘들어. 어떤 때는 이삼일에 한 번씩 볼 때도 있으니까. 어쩌다 한번 쉬는 날 얘기할 때는 이제 그런 얘기를 많이 하지. 오늘은 나이가 참 어린 고객이 왔는데 엄마한테 이러이러한 말을 하더라. 너네들은 절대 어디 가서 그러지 말아라. 혹시나 우리 애들은 무심코 던진 말인데 남한테는 비수로 꽂힐 수도 있으니까. 내가 그날 하루 가슴에 남는 말이라던가, 이런 일이 있었다던가 하는 얘기를 가끔씩 해. 여태까지는 안했을 수도 있지만, 앞으로가 있으니까.

민경: 언제 가장 보람을 느끼세요? 엄마로서 혹은 직장인으로서의 자기 자신을 볼 때.

우리 큰딸은 어릴 때부터 엄마가 하는 과정을 다 봐왔기 때문에 걔는 항상 우리 엄마같이 훌륭한 사람 없다고 그런 말을 해. 내가 제일 보람을 느끼는 게 그거야. 엄마는 참 힘들고 그러면서, 어떻게 그렇게 버텼어, 엄마는 참 잘했어. 진짜 우리 엄마가 제일 훌륭해 하고 말 해줄 때가 가장 보람 있어.

나는 자식을 헛되이 기르진 않았구나. 자식이 그냥 어린 마음에 보는 거 같았는데, 얘가 다 그런 거를 하나하나 관찰하면서 가슴 속에 묻어두고 사는 구나를 내가 자꾸 느낀다니까.

우리 애들이 공부를 썩 잘하진 않았지만, 비뚤게 나가지 않았어. 우리 애들은 사춘기도 그렇게 막 심하게 겪지 않았고. 다들 무난하고 착하고 건강하게 잘 자라줬다는 거. 얼마나 감사한 일인지 몰라. 엄마가 일하느라 제대로 돌봐주지도 못했는데도 불구하고 진짜 잘 자라줬다는 거. 바르게 잘 자라줬다는 거. 그게 감사하지.

민경: 제 마음까지 먹먹해져요… 저도 저희 부모님의 모습에서 많은 걸 느끼거든요.

그렇지. 부모는 다 똑같은 마음이야.

민경: 그럼 가정에서 말고 직장에서는 언제 가장 보람을 느끼세요?

직장에서 보람을 느낄 때는 옛날에 나한테 아주 틱틱대고 까다로 웠던 고객들이 지금은 친해져 가지고 매장 올 때마다 나 찾아줄 때.

그리고 제일 고마웠던 분이 한 사람 있었는데, 내가 그때 고객 상 담실 가서 한 시간 반 울고 내려오고 그랬을 때, 그 고객이 나를 봤 단 말이야. 그래서 그 고객이 후에 내 얘길 듣고, 별거 아닌데 왜 그 랬냐고 자기가 사무실에 전화해주겠다고 하더라고.

민경: 전화해주셨어요?

어, 전화해줬지. 우리 옛날 매니저한테. 내가 그런 사람이 아닌데 왜 그러냐고. 내가 여태까지 겪어본 사람은 참 좋은 사람이라고 얘 기를 해줬나 봐. 난 그분이 항상 고마워. 고마운 마음이 항상 있어 가슴에. 근데 그분이 자주 오시다가 안 오시니까, 왜 안 오시지 기다 리게 되더라고. 내가 전화라도 한번 들여 봐야지 하는 그런 생각도 있고. 근데 또 일하다 보면 또 그게 안 되더라고.

민경: 그런 분들이 있어서 또 계속 하시는 어떤 원동력이 되나요?

그렇지. 그런 분들이 말 한마디라도 해준다는 그 자체가 너무 고 맙고 감사하지. 진짜 나는 그런 분들이 있으므로 해서 내가 또 용기 를 가지고 힘을 내게 돼. 다 나쁜 사람만 있으면 못하지. 좋은 사람 도 많이 만났어. 여기서 오랫동안 일하면서 나를 다 봐왔고, 내가 없 으면 찾아주고, 물어봐 주고. 그런 모든 게 다 재산이라고 봐. 왜냐 면 그런 것들은 하루아침에 얻을 수 있는 게 아니거든.

내가 매일 여기 출근하는데, 고객 중에 매일 여기 오시는 분도 있 고, 일주일에 하루 오시는 분도 계시고. 이삼 일에 한번 오시는 분도 계셔. 나는 우리 매장에 한두 번이라도 찾아주시는 고객은 잊어버리지 않아. 딱 오시면, 저분 한두 번 오셨어, 저분은 삼사 일에 한 번씩 오셨어. 저분은 일주일에 한 번 정도 오셔. 그런 것들은 다 기억하지. 근데 그분들을 내가 기억을 왜 하냐면, 그분들을 그렇게 기억을 해줌으로 해서 고객 관리를 하는 거라고 생각해. 내가 그 사람을 기억해준다는 거는 참 좋은 거야. 나를 기억해주는 사람이 있으면 거기로 가게 돼. 다시 찾게 되거든. 그렇게 기억을 해주면 고객들이 고마워해. 그리고 이제는 그 사람의 스타일을 알게 돼. 그분은 오시면 이걸 사가지고 가시더라. 저분은 오시면 이걸 꼭 사가지고 가시더라. 그러니까 보람을 느낄 때도 있고.

이제는 고객이 무슨 소리를 하더라도 그냥 웃어넘길 수 있게 됐어. 내가 그동안 힘든 거, 어려운 거 겪으면서 단련이 됐다고 할까? 아니면 웬만한 건 웃어넘길 수 있는 여유를 가졌다. 그런 거지.

민경: 만약에 이제 집에서 나가서 사회생활을 하고 싶은데 경험이 없고 나이가 걸리고, 용기가 안 나고 그래서 고민하시는 분들이 있으면 해주고 싶으신 말씀 있으세요?

이 나이에 뭘 하니 그런 생각 들 때가 늦은 게 아니고, 지금이라도 그 나이에 맞게끔 다 일이 있어. 첫째는 용기를 내야 해. 집에만 있으면 나는 저것도 못하고 저것도 못할 거 같아. 자꾸만 이렇게 움츠러든다고. 근데 다 그 나이에 맞게 다 일이 있더라고. 찾아보면 다 있어.

그리고 생각만 하면 생각에서 머물러. 일단은 박차고 나가야 돼. 나가기 전에는 내가 무슨 일을 어떻게 하겠다 하는 자기만의 생각을 깊이 해야 하지만, 생각에서만 머물면 안 돼. 딱 용기를 가지고 나가서 일단 부딪쳐 봐야 돼. 부딪치다 보면 처음에는 힘든 게 많을 거야. 많지.

내가 이 나이에 여기 와서, 막 서러움도 복받쳐 오를 때도 많아. 하지만 보람 느낄 때도 있을 거야. 근데 처음에는 보람보다도 두려움이 더 커. 두려움 다음에는 내가 왜 이렇게 해야 되냐고 하는 그런 자기 비관 같은 것도 하게 되고. 막 자꾸 서러운 생각만 들고. 자꾸 그런 생각만 드니까 눈물부터 나게 되고. 근데 그게 다 지나가고 나면 보람도 느끼고 그러면서 계속 해 나갈 수 있을 거야.

.

.

.

우리 엄마의 미처 찾지 못한 꿈은 무엇이었을까?

멘붕 사건, 뒤를 돌아보다.

무에서 유를 창조하는 과정이 재미있었던 것 같아요.

크래커유어워드로브 편집장 장석종

멘붕 사건, 뒤를 돌아보다.

　　인터뷰할 사람을 알아보고, 인터뷰를 하고, 녹음된 인터뷰 내용을 다시 듣고 받아쓰고를 반복하는 사이 어느새 시간은 빠르게 흘러 새로운 학기가 시작되었다. 새 학기라 해서 그전 학기와 크게 다를 것은 없다는 것을 잘 알면서도 나는 그 새로움이 주는 약간의 기대감과 흥분감에 들떠있었다. 오랜만에 만난 친구들과 인사를 나누고 새로운 강의에 들어가 몇몇의 새로운 교수님을 만나는 것 자체만으로도 그냥 기분이 좋았다. 어쩌면, 내가 지난 겨울 방학 동안 집안에 박혀있지만은 않았기에, 새로운 학기는 나의 생활에 더 신 나는 일을 가져다주지 않을까 하는 기대감이 컸던 것 같다. 하지만 나의 이런 기분 좋은 며칠은 그리 오래가지 못했다.

* * *

　우리 학과에는 내가 정말 존경하고 닮고 싶은 언니가 있다. 공부도 잘하고 학교 및 외부의 여러 행사에도 능동적으로 참여하고, 성격도 착하고 싹싹한 데다 얼굴까지 예뻐서 많은 사람에게 사랑받는 언니였다. 비록 친하지는 않았지만 항상 그 언니를 보며 배울 점이 많다고 생각하곤 했다. 대학교 일 학년 때 다른 친구들을 통해서 그 언니의 목표가 쇼핑호스트가 되는 것이라고 듣게 되었다. 이미 많은 사람이 공공연히 알고 있는 사실이기도 했다. 나는 그 언니와 정말 잘 어울린다고 생각했고 꼭 자신의 목표를 이루기를 응원했다.

　그로부터 일 년 하고 몇 개월이 지난 후 나는 그 언니와 아주 잠시 대화를 나눌 수 있는 시간을 갖게 되었다. 내가 항상 이상적으로 생각하던 언니였기에 언니의 근황이 정말 궁금했다.

　"언니, 쇼핑호스트 준비는 잘 되어가?

　"그게 생각보다 만만치가 않더라… 그냥 대학원이나 갈까 봐. 교수님들 얘기 들어보니까 대학원도 괜찮은 것 같아~"

　응?
　왜…?
　왜 벌써 마음을 접은 거지?

　안타까웠다. 대체 무엇이 언니의 그 반짝였던 마음을 좌절시킨 것인지 화가 났다. 언니의 목표가 다른 것으로 바뀌었을 수도 있지만, 그때 내가 언니의 대답에서 느꼈던 것은 '포기'와 '타협'이었다. 그런데 비단 그 언니뿐만이 아니었다. 전반적인 학교 분위기가 그랬다. 분명 더 많은 가능성을 보이고 있었던 주위의 친구들이 모두 한 길로 향하고 있다는 느낌을 받았다. 교수님들 역시 학년이 올라갈수록 "이제 놀 때는 지났다", "영어 점수 올려놓아라", "학점 관리해라" 등등 학생들의 시야를 좁게 만드는 이야기만 하였다. 내가 지난 두 달여 동안 학교 밖에서 들었던 이야기들, 보았던 세상들과 학교에서 보는 세상은 너무 달랐다.

나는 인터뷰를 하면서 우리는 아직 어리니 조금 더 고민하고, 조금 더 꿈을 찾아 헤매도 된다고 믿게 되었다. 하지만 주변 분위기에 나도 점점 불안해지기 시작했다. 내 스스로 현재의 행보에 대해 좋게 평가하고 있으면서도 과연 내가 선택한 길 끝에 만족스러운 답이 있을지에 대해서도 의문이 생기기 시작했다. 남들 다 하는 어떤 준비들을 나도 해놓아야 하지 않을까? 내가 지금 괜히 시간 낭비를 하고 있는 것일까? 하지만 그런 내 스스로에 대한 불안감은 나를 더욱 인터뷰에 매달리게 만들어버렸다. 지금 내가 하고 있는 일조차 놓아버린다면 나는 정말 아무것도 아닌 사람이 될 것만 같았다.

나는 학교에서 혼자만의 시간이 보낼 때마다 인터뷰 대상자를 물색하곤 했다. 학교 도서관에서 잡지를 찾아보기도 하고, 컴퓨터실에 가서 인터넷을 검색해보기 하였다. 하루는 내가 다니는 학교의 메인 홈페이지의 동문소개코너에 들어가게 되었다. 좋은 내용이 많아 한 사람씩 꼼꼼히 읽어 내려갔다. 한참을 읽던 중 유독 내 눈에 들어온 한 소개가 있었다.

대학교 새내기 시절 나는 학교선배라며 찾아온 한 젊은 CEO의 특강을 들은 적이 있었다. 바로 남성 스트릿 패션 잡지 크래커유어워드로브의 장석종 편집장님이었다. 그 당시에 나에게 그 선배는 굉장히 인상적이었고 TV에서나 보던 에너지 넘치는 젊은 CEO의 표본으로 내 마음속에 자리 매겨졌다. 그런데 정말 신기하게도 내 눈에 띈 소개 글이 바로 그 장석종 편집장님의 이야기였다.

소개 글을 읽다 보니 일 학년 때 들었던 강의 내용이 생각이 나면서 이 사람에 대해 더 궁금해지기 시작했다. 장석종 편집장님의 인터뷰를 더 찾아보니 꽤 여러 개 있었지만 대부분 잡지에 관한 내용이었다. 하지만 나는 창업이 쉽지 않음에도 지금까지 잘 이끌어온 그 세세한 과정과 그 사람의 마인드가 궁금했다. 결국 난 마음속에 막연히 그려보았던 젊은 CEO를 만나보자는 기대와 함께 개인적인 팬심도 살짝 더해 장석종 편집장님을 인터뷰하기로 결심하였다.

장성종 편집장님은 나와 같은 학교 의류학과를 나왔기 때문에, 의류학과 교수님을 찾아가 내 사정을 이야기하고 편집장님의 연락처를 받을 수 있었다. 편집장님께 연락을 드렸더니 후배라 그런지 인터뷰도 흔쾌히 응해주셨다. 그리고 기대하던 인터뷰 당일, 나는 어느 때보다 더욱 설레는 마음으로 홍대에 있는 사무실로 향했다.

* * *

크래커유어워드로브는 장석종 편집장이 같은 학교 두 명의 선배들과 함께 대학교 삼 학년 때 창간한 국내 최초의 남성 스트릿 패션 잡지다. 올해로 창간 7주년을 맞이하고 있으며, 이제는 국내를 넘어 해외 28개국과 파트너십을 맺어 전 세계 사람들의 패션을 있는 그대로 솔직 담백하게 담아내고 있다.

민경: 이미 다른 인터뷰에서 많이 얘기하셨을 것 같지만, 크래커 어떻게 만드시게 되셨어요?

특별한 계기가 있었다기보다는 그냥 원래 고등학생 때부터 패션을 하고 싶었어요. 그래서 의류학과에 진학하게 된 거고.

저는 잡지 만드는 게 꿈이었어요. 일본 잡지를 정말 많이 보고 좋아했는데 우리나라는 어찌 됐 건 이십 대 남자들이 볼만한 잡지가 없다고 생각했어요. 그래서 일본 책들을 보면서 나도 우리나라에서 이런 남성잡지를 만들어야겠다고 마음먹었죠. 근데 그거는 사실 되게 막막한 일이잖아요. 어떻게 해야 될지도 모르고. 그래서 우선 무조건 이 패션 쪽에 발을 들여야겠다고 생각해서 일을 하기 시작했어요.

대학교 이 학년 때부터 회사에서 인턴도 해보고, 쇼핑몰도 해보고, 친구랑 뮤지컬 의상도 한 일 년 해봤어요. 그러다 패션홍보대행사에서도 들어갔었는데, 거기서 일을 하면서 잡지가 어떻게 만들어지는가에 대해서 감을 잡게 됐어요. 근데 내가 짧게나마 회사에서 일해 봤더니 회사에선 불합리한 일들이 많이 일어나더라고요.

'내가 잡지를 만들기 위해선 잡지사에 들어가야 되나'라고 생각해 보았을 때, 뭔가 윗사람과 아랫사람의 관계 때문에 내가 하고 싶은 거를 마음대로 할 수 없겠다는 생각이 들었어요. 그래서 일본 잡지 샘플 하나를 들고 아는 형한테 찾아가서 이거를 같이 만들어보자 했죠. 그렇게 해서 시작하게 됐어요.

민경: 막상 창업한다 하셨을 때 부모님께서는 반대 안 하셨어요?

음… 그전에 쇼핑몰을 하다가 우선 한번 실패를 맛봤기 때문에 창업을 한다는 자체가 특별하게 느껴지진 않았고, 그리고 어차피 백만 원을 가지고 시작을 한 거고.

그리고 원래 별로 제가 하는 일에 신경을 안 쓰시는 스타일이시기 때문에 반대나 그런 것도 없었어요. 근데 반대할 이유가 왜 있지? 오히려 반대할 이유가 없는 것 같은데? 뭔가 한다고 하는 데 반대를 한다는 게 더 웃긴 것 같은데.

민경: 창업의 어떤 위험성 때문에 반대 많이 하시지 않나요? 보통은 자기 자식이 번듯하고 안정적인 직장에 들어가길 원하시는 것 같던데.

아니요. 왜냐면 그때 나는 공익근무를 하고 있었기 때문에 안 위험하죠. 그리고 아직 사 학년도 남아 있었고 기회가 있으니까 위험하지도 않고. 내가 원래 하고 싶은 게 워낙 뚜렷했기 때문에 신경 안 쓰셨던 것 같아요. 부모님이 인생 대신 살아주는 것도 아니잖아요.

근데 나는 학생들이 공무원시험, 대기업 그런 거를 꿈으로 갖게 되는 이유가 부모님 때문이라고 생각하거든요. 부모님한테 떳떳한 자식이 되고 싶고, 일가친척들한테 나 좋은 회사 다닌다고 얘기하고 싶고, 그건 다 사실 부모님 때문이거든요. 부모님이 어디 가서 부끄럽지 않게. 하지만 근데 그게 다가 아니잖아요. 부모님이란 테두리 안에서 좀 벗어나면 분명히 더 다양한 것들을 볼 수 있는데.

우리나라 사람들은 너무 부모님 눈치를 많이 보고 주변 사람들 생각을 너무 많이 하다 보니까 막상 자기가 뭘 하고 싶은지에 대해선 고민을 안 하게 되는 것 같아요.

민경: 그렇다면 처음 시작하실 때, 본인 스스로 미래에 대한 어떤 불확실성이나 불안감, 실패에 대한 두려움 같은 거는 없으셨어요?

어…완전 없었고 어차피 망해도 된다고 생각했어요. 망해도 딴 거 하면 되니까. 어차피 나는 백만 원 투자한 건데, 백만 원 나중에 이 주만 일하면 벌 수 있는 거잖아요. 한 달 월급이 이백만 원이라고 치면. 그런 것 때문에 막 미래에 대한 불확실성을 논하는 거는 난 말이 안 된다고 생각해요.

그냥 어찌 됐 건 뭔가 새로운 거를 해보고 있고, 내가 이렇게 뭔가 만들어서 나의 아카이브가 쌓인다는 것 자체가 의미가 있었지, 이거 해서 진짜 막 성공해야 해 이런 식으로 집착하진 않았어요.

민경: 자신에 대한 확신이 있으셨나 봐요. 저는 주변 친구들이 스펙 쌓고 취업 준비하는 모습을 보면 아 나도 저렇게 해야 되나 라고 고민하게 되던데.

확신은 지금 와서 있는 거죠. 그리고 그 친구들이랑 나랑 할 수 있는 것들이 다르다고 생각했어요. 나는 진짜 공부할 자신도 없었고, 면접 연습도 하고 그러는데, 나는 진짜 저런 거 못하겠다. 그래서 오히려 더 일찍 발을 들여서 실전 위주로 해야겠다는 생각을 많이 했던 것 같아요.

내가 패션 쪽에서 일하다 보니까 정말 잘하는 사람들을 많이 봤거든요. 사진 찍는 사람들 진짜 잘 찍고, 옷 진짜 잘 입는 사람들 많고, 스타일링 잘하는 사람 많고. 주변에 그런 사람들이 널리고 널렸는데, 나는 그 분야에서 조금씩은 할 줄 아는데 특별히 잘하는 건 없다고 생각했어요. 나는 뭐를 잘할 수 있을까? 근데 뭔가 나는 그거를 볼 때가 좋다고 느꼈거든요. 그래서 나한테 맞는 분야는 잡지가 아닐까 라고 생각하게 됐죠.

민경: 음⋯그 패션잡지를 보는 일은 얼마큼 좋아하셨던 거예요? 질문이 좀 웃기긴 한데, 좋아하는 일을 하라 그러잖아요, 저 같은 경우도 어렸을 때부터 미술, 음악, 공부 뭐 다 조금씩은 잘하고 좋아했는데, 막상 내가 진짜 좋아하는 일은 무엇일까 생각해보면 답을 못 내리겠더라고요.

근데 그거는 남들이 이렇게 잣대를 재줄 수 있는 건 아니잖아요. 어느 정도 그게 뭔가 객관적인 수치가 있는 것도 아니고, 결국은 자기 안에 모든 대답이 있는 게 아닐까요?

민경: 계속 나한테 물어봐야 되는 건가요?

그것도 다 자기만의 방법 아닌가? 해보고 실패를 해보던가 아니면 좀 안전하게 가든가 그것도 자기 스타일인 거고 결국. 그래서 뭐 어느 정도 좋아해서 이 일을 해라 라고는 말할 수는 없는 것 같아요.

저는 쉽게 좋아하고 쉽게 질리는 스타일이거든요. 그래서 뭔가 하나의 일에 집중하지 못하는 성격인데, 다른 것들이 좋다가 싫어질 때도 패션은 쭉 좋아했던 것 같아요.

옷 좋아하는 사람들 정말 많잖아요. 그 사람들의 몇십 배를 좋아한다 이렇게는 말 못하겠는데 꾸준히 좋더라고요. 뮤지션도 꾸준히 좋아하는 뮤지션이 있잖아요. 음식도 꾸준히 좋아하는 음식이 있고. 패션은 계속 바뀌니까 그 변화한다는 자체가 되게 재미있게 느껴졌던 것 같아요. 새로운 브랜드를 알게 되고, 새로운 스타일에 대해서 알게 되고, 그걸 내가 입어보고 또 사보고.

'기타리스트 김태원은 밥은 굶더라도 기타는 손에서 놓지 않았고 공연예술가 팝핀현준 역시 가난으로 인해 길거리에 나 앉은 상황에서도 춤을 멈추지 않았다. 결국 그들의 각자의 분야에서 최고가 되었다. 이처럼 자신의 분야에서 성공한 사람들을 보면 대개 자신의 일에 푹 빠져있다.

나는 그런 사람들을 보면서 과연 내가 풀 빠질 만큼 좋아하는 일이 무엇일까에 대한 고민을 정말 많이 하였다. 하지만 편집장님과의 대화를 통해 오히려 그 고민이 나를 더 힘들게 한 것인지도 모르겠다는 생각이 들었다.

민경: 처음 잡지 나왔을 때 기분이 어떠셨어요?

솔직히 얘기해서 사람들은 뭔가 그렇게 새로운 걸 만들어 냈을 때 내 자식 같고 내 새끼 같다 하잖아요. 근데 전혀 그런 생각 안 들었어요.

민경: 전혀요? 뿌듯하지 않나요?

별 생각 없었어요. 근데 되게 '구리다'라고 느꼈어요. 허접하다. 왜냐하면 내가 원래 만들고 싶었던 느낌이 아니었으니까. 근데 내가 지금 만들 수 있는 능력은 이정도 밖에 안 되니까. 그래서 언제 어떻게 하면 이렇게 만들 수 있지? 라는 생각을 많이 했던 것 같아요.

민경: 그래서 그 방향으로 개선시켜 나가신 거고요?

근데 개선할 수 있는 방법을 모르니까 그다음부터도 만들 때 별생각 안 했던 것 같아요. 내가 패션 잡지에서 일해본 것도 아니고 어떻게 만드는지도 몰랐는데 어찌 됐건 하나를 만든 거잖아요. 근데 여기에서 이렇게 만들려면 어떻게 해야 되는지 나한테 방법을 얘기해준 사람이 아무도 없었으니까. 그래서 그냥 내가 할 수 있는 만큼만 하자라고 생각하고 만들었던 것 같아요. 그랬더니 그게 꾸준히 계속 쌓였던 것 같아요.

별로 고민 안 하는 스타일이에요. 막 열심히 노력해서 올라가는 것도 좋지만, 저는 그냥 이만큼 해보고 또 나중에 그거 보고 자연스럽게 어떻게 해야겠다는 게 느껴지더라고요. 조금씩 조금씩 자연스럽게 쌓아 나가는 스타일이지 억지로 막 더 해보려는 스타일은 아니에요. 그냥 할 수 있는 만큼만 항상 하는 거지. 스트레스 받으면서 하는 거 별로 안 좋아해서.

민경: 근데 창업이라는 게 실패율도 높잖아요. 웬만큼 고생 안 하는 이상 성공하기 힘들다고 알고 있는데, 이미 시작해서 일은 벌여 놓은 상황에서 어떻게 별 고민 없이 일을 진행시켜 나갈 수 있는 거죠?

불안한 걸 별로 불안하다고 생각 안 했어요. 뭔가 자금적인 압박이 오거나, 내가 뭔가 큰 실수를 해서 정말 큰 문제가 발생했을 때도 그냥 뭐 어떻게든 되겠지. 돈이 없을 땐, 돈이 없는데 어떡할 거야. 어떻게든 되겠지. 언젠가 저 사람들한테 갚으면 되겠지. 도망가면 되겠지. 저 사람들이 소송 걸면 어떻게든 돈 구해지겠지.

민경: 그것도 자신감 아니에요?

자신감…이라기보단 자신감은 별로 없는데, 그냥 망해도 되니까. 망하면 다른 거 하면 되니까. 그러니까 죽지는 않잖아요. 죽지 않으니까 어찌 됐 건. 조금 더 배고프면 되는 거니까. 너무 배고픈 시절을 지냈기 때문에 별로 신경 안 써요. 오히려 그게 더 재미있기도 하고. 그런 걸 극복해가는 과정이.

민경: 그 정말 배고프던 시절은 초창기 말씀하시는 거죠?

네. 초창기에 진짜 장난 아니었어요. 삼백만 원 가지고 창업했다고 얘기했잖아요, 근데 돈이 없어서 피시방에서 일했었거든요. 나는 공익을 하고 있었고, 나머지 두 형은 종로에 있는 피시방에서 일하고 있었어요. 한 명은 야간, 한 명은 주간, 나는 **땜빵**. 이렇게 그 피시방에서 일하면서 거기서 나오는 월급으로 생활비를 하고, 그 돈을 모아서 또 책을 내고. 이런 식의 생활을 거의 이년 가까이 했던 것 같아요.

민경: 근데 편집장님은 공익근무 중이었지만, 다른 두 형은 졸업이 가까우셨을 텐데 좀 불안하셨겠어요.

그 형들은 졸업반이었는데 한 명은 기계공학과에서 사백 명 중에 사백 등이었고 한 명은 경영학과하고 법학인데, 그 형도 사실 갈 곳이 없었죠. 그 사람들이 이미 벼랑 끝에 서 있었기 때문에 솔직히 얘기해서 그 형들은 좀 불안했겠죠. 그 와중에 나는 내 할 일 열심히 해야지. 그렇게 하는 편이지, 막 불안해하면서 이거 해결해야 해, 이런 식으로 하진 않아요. 스트레스 받잖아요.

또 예를 들어서 직원들이 실수를 해. 그래서 손해를 끼쳐. 별로 암 말 안 해요. 요번에도 우리가 삼 층, 오 층 쓰는데요, 오 층 광고 대행 팀에서 뭔가 실수를 해서 금전적으로 몇백만 원 손해가 났어요. 아무 말 안 해요. 그냥 다시 해요. 그만큼 배운 거니까 그 사람은. 누군가 실수를 하거나 잘못을 하거나 내가 그랬을 때도, 그럴 수도 있지 뭐. 다음부터 안 그러면 되지 뭐. 그냥 이만큼 손해 보면 되지 뭐. 돈은 나중에 다른 걸로 또 벌면 되니까. 그렇게 생각하죠.

근데 위기의 순간은 항상 와요. 언제든지. 어떤 형태로든. 나는 처음부터 리더였잖아요. 그래서 그런 거(위기의 순간)에 무덤덤하게 반응하려고 노력을 많이 했어요. 사람들이 영향을 받으니까. 내가 불안함을 보이면 밑에 사람들이 더 큰 영향을 받겠다 생각해서 웃으면서 넘어가려고 항상 신경 쓰죠.

민경: 또래 분들에 비해 어린 나이에 리더의 자리에 계셨잖아요. 편집장님은 스스로 어떤 리더라고 생각하나요?

저는 리더라고 생각하기보다는 서로 역할이 다른 거라고 생각해요. 제 역할은 모든 책임을 내가 지는 거. 나도 내 역할에서는 실무를 하지만 실무는 저 친구들이 많이 하고 저는 매년 월급을 올려줘야 되고, 한 달도 밀리지 않게 월급이 나가야 되고 그런 것들을 책임지는 거니까. 저 아이는 기사를 쓰고, 저 아이는 취재를 하고, 저 아이는 디자인을 하고. 역할이 다 다른 거지 우리 회사에서 위아래는 없어요. 그냥 다 오빠고 누나고 형이고.

우리는 책상도 다 똑같은 크기고 뭔가 높은 사람이라고 따로 방이 있는 것도 아니에요. 모두 똑같은 크기만큼의 공간을 쓰고 있어요.

초기 때부터 그거는 항상 얘기했어요. 우리는 모두 역할만 다른 거지 다 똑같은 거다. 나는 일을 시킨다는 느낌으로 하는 게 아니라 부탁한다는 느낌으로 항상 하거든요. 말할 때도 이것 좀 부탁해. 이것 좀 할 수 있을까? 왜냐면 받는 사람이 기분 나쁠 수 있잖아요. 그래서 그런 부분에 대해서 신경을 많이 써요.

저는 우리 팀에 대한 애착이 진짜 강해서 같이 일하는 사람들한테 제일 많이 신경을 쓰는 것 같아요. 어찌 됐 건 이 안에서 트러블이 없게 만드는 거. 같이 일하는 사람들끼리. 같이 일할 때만큼은 즐겁게 할 수 있도록.

민경: 크래커 직원들은 상사로부터 받는 스트레스는 다른 직장인들에 비해 정말 많이 없겠어요. 함께 즐겁게 일하려고 노력하신다니 편집장님 본인도 일을 즐기시는 편인 거죠?

아… 다른 성공한 사람 보면 자긴 되게 즐기면서 일을 하고 자기 취미가 일이어서 즐겁고 이런 얘기 많이 하잖아요. 근데 솔직히 이해 못 하겠어요. 그러니까 일이 재미없는 건 아닌데, 그렇다고 막 이일이 환장할 정도로 좋은 건 아니거든요. 여기 일 아니고 다른 거 해도 되고, 크게 상관없어요.

그냥 해야 되는 거는 깔끔하게 해놓자. 해야 되는 게 분명히 있잖아요. 내 역할에 맞춰서 그것만큼은 되게 완벽하게 하려고 하지 즐기면서 하는 거는 아닌 것 같아요. 나 때문에 다른 사람들이 피해 보는 건 싫으니까. 해야 되는 건 열심히 해요. 근데 즐기면서는 안 해요.

민경: 스트레스는 많이 받으세요?

스트레스는 많이 받죠.

민경: 어떤 면에서요? 마감날짜 다가올 때?

하기 싫은 거 해야 될 때. 일하다 보면 하기 싫은 일들이 엄청나게 많이 생기는데 그거를 해야 될 때. 크래커는 상업잡지잖아요. 상업잡지라는 건 돈을 벌어야 되는 거잖아요.

근데 돈을 벌 때 우리한테 그 돈을 주는 사람은 우리가 하고 싶은 일만 던져주지 않는단 말이에요. 하기 싫은 일들도 해야지 돈을 벌수 있잖아요. 그래야 월급을 줄 수 있고. 그래서 하기 싫은 일들을 해야 될 때 너무 스트레스 받아요.

민경: 큰돈을 벌어야겠다 그런 생각은 없으신 거예요?

별로 크게 없어요. 왜냐면 지금도 나는 내 분수에 맞지 않게 많은 돈을 벌고 있다고 생각하거든요. 내 나이 대 사람들에 비해서도 그렇고, 내가 일하는 거에 비해서도 많이 받고 있는 거 같아요. 내가 사고 싶은 것 살 수 있고, 별로 부족한 게 없으니까. 내가 한 달에 뭐 일억씩 버는 것은 아니지만, 한 달에 천만 원씩 버는 것도 아니지만, 지금 상태에 만족하고 있어서 큰돈을 벌어야겠다는 생각은 없어요.

민경: 근데 밑에 직원들이 많으시잖아요. 책임감이나 부담감 안 느껴지세요? 어쨌든 오너이시고 돈을 주는 입장이잖아요. 회사가 돈을 잘 벌어야 직원들에게 월급을 줄 수 있는 거잖아요.

그런 부분에 대한 부담감은 별로 없어요. 근데 부담감이라면 부담감일 수도 있는데 어찌 됐건 직원들은 크래커라는 거를 보고 들어왔잖아요. 내가 여기 선장이고 모두 나를 보고 일 해주니까, 같이 일하는 동안에 피해를 주진 말자. 같이 일하는 동안에 내가 해줄 수 있는 거는 다 해주자. 그런 생각은 하는데, 저분들이 나한테 부담으로 다가오진 않아요. 그리고 저는 저분들한테도 항상 얘기해요. 여기서 오래 있을 생각을 하지 마라, 더 하고 싶은 게 생기거나 더 좋은 조건의 일자리가 생기거나 하면 빨리 나갈 생각을 해라. 여기서 뽑아갈 수 있는 건 최대한 뽑아가고 더 좋은 데로 옮겨가거나 아니면 네 일을 하거나 더 돈을 많이 벌 수 있는 곳, 더 재미있는 걸 하러 가.

그래서 옛날에 잠깐 한 육 개월 정도 일 했던 포토그래퍼 여자애가 있었는데 그 친구가 이 일이 자기한테 너무 안 맞고, 자기는 다른 일을 해보고 싶어서 나가야 될 것 같다고 얘기를 하더라고요. 근데 나한테 그만두겠다는 얘기를 할 때 되게 부담스러워 했어요. 왜냐면 그 아이가 그만두면 나는 또 새로운 사람을 구해야 하니까. 그런 것들이 되게 미안했나 봐요. 근데 나는 잘 생각했다고 그랬어요. "네가 육 개월 동안 일을 하면서 너한테 맞는 걸 찾았다는 거는 되게 잘한 것 같아. 나는 여기서(크래커) 일하면서 네가 하고 싶은걸 찾았다니까 오히려 내가 고마워"라고 했더니 그 아이가 마무리를 잘해 주고 나갔어요. 자기도 고맙다 그러면서.

나는 그런 식이에요. 여기 괜히 목멜 필요도 없고 있는 동안엔 재미있게 일하고, 내가 줄 수 있는 만큼 돈도 주고 그렇지만 결국에는 다 각자의 길이 있는 거니까. 각자의 꿈이 있고, 여기서 뭔가 그걸 느끼고 나가서 제대로 일을 하는 게 가장 좋지 않을까.

지금도 그래서 회사일 가끔 도와주거든요. 우리랑 같이 있다가 나간 친구들은 다 그래요. 오히려 여기서 하고 싶은 걸 찾아서 나간 것 자체가 되게 고마운 일이었어요. 우리 회사에서 그래도 뭔가 배울 게 있었구나라는 느낌이 들어가지고.

민경: 편집장님과의 대화가 사실 저한테는 굉장히 신선해요. 대학생 때 창간해서 지금까지 회사를 잘 키워 오셔서, 인터뷰하기 전에는 이쪽 일 굉장히 좋아하고, 엄청난 열정을 가지고 진짜 열심히 했을 거라는 생각을 갖고 있었거든요.

나는 왜 열심히 했냐면 또 망하면 다른 거 해도 되지만 쪽 팔리니까요. 스스로한테 부끄러우니까 그랬던 것 같아요. 이미 쇼핑몰을 열심히 안 해가지고 한번 실패를 했잖아요. 근데 이번에 또 그러면 스스로한테 부끄러워질 것 같아서 조금 열심히 했던 것 같아요.

그렇지만 열정은 식기 마련이죠. 옛날엔 열정으로 일했다면 지금은 책임감으로 일하는 것 같긴 해요. 내가 여기서 할 수 있는 거는 다 했다고 생각을 하기 때문에. 내가 해보고 싶은 것도 다 해봤고. 그래서 지금은 내 자리를 지킨다는 책임감으로 일하는 것 같아요. 나는 지금 이 순간에도 이 일에 더 이상 흥미가 없어지면 다 떨쳐버리고 제로에서 시작하고 싶은 마음도 있거든요. 아무것도 없었는데 뭔가 이렇게 만들어 오는 과정을 재미있게 느껴가지고 요즘에 그런 생각 되게 많이 했어요.

무에서 유를 창조하는 과정이 되게 재미있었던 것 같아요. 여기는 이제 어느 정도 토대가 갖춰져 버렸기 때문에 사실 내가 없어도 돌아갈 수 있거든요. 내가 누구한테 일을 맡겨도. 굳이 내가 없어도 되는 거면 내가 있을 이유가 있나 하는 생각도 들고.

민경: 그럼 또 어떤 다른 무에서 유를 창출하는 일을 하고 싶으신 거예요? 이미 하나는 이뤄놓으셨잖아요.

남성복 디렉팅하는 거. 우선 직원들한테도 얘길 했지만, 그러기엔 아직 미안한 상태라서. 뭔가 이 사람들이 제대로 어딘가에 다 옮겨졌을 때 그걸 할 수 있지 않을까?

민경: 다 옮겨지면 크래커는 문을 닫을 텐데요?

상관없어요. 솔직히 지금 잘 되는 상태거든요? 판매율도 90% 넘고, 부수도 매번 늘고 광고도 많이 들어오고 있어요. 지금 그만둬도 상관없을 것 같아요. 오히려 조금 아쉬워하는 사람 있을 때 그만두는 게 더 좋을 것 같아요. 그리고 내가 감이 좀 떨어졌다고 느끼기 때문에, 무조건 내가 해야 돼 이런 욕심은 없어요. 잘하는 사람 있으면 그 사람이 하는 게 맞는 것 같아요. 그게 독자들을 위한 거고, 여기 있는 스텝들을 위한 길이라고 생각해요. 항상.

민경: 사람들은 미래를 상상하고 꿈꾸잖아요. 미래에는 좋을 거야, 미래에는 이렇게 할 거야. 근데 그 상황보다는 거기까지 가는 과정이 더 즐겁다는 얘기를 하시는 것 같아요.

미래는 항상 생각해요. 크래커 만들 때도 그랬어요. 이렇게 사무실이 있고, 내가 사람들이랑 무슨 얘기를 하고, 같이 그거에 맞춰서 일하는 그런 상상은 처음 시작할 때부터 했거든요. 그랬더니 정말 어느 순간 이렇게 되어 있더라고요. 그 상상이 원동력이 되어가지고 자연스럽게 뭔가 나도 모르게 여기까지 온 것 같아요.

사실 크래커를 만든 것도 일본에 튠이라는 잡지가 있는데, 그걸 보고 만든 거예요. 그 튠이란 잡지는 삼십 년 된 세계 최초의 스트릿 잡지인데 요번 달부터 튠이랑 같이 작업하거든요. 최초로 튠이랑 크래커랑 합본으로 나와요. 일 년에 네 번. 어떻게 보면 나는 튠을 보고 시작했는데 튠 디렉터도 만나게 됐고, 그 사람들이랑 같이 일하게 됐어요. 그게 내가 먼저 제안한 것도 아니고 그 사람들이 먼저 제안을 해온 거고. 그러니까 이런 새로운 이벤트를 한다는 게 나한텐 재미있지만, 어느 순간 시시하게 느껴지더라고요. 왜냐면 나는 이게 (튠과의 공동 잡업) 굉장히 하고 싶었던 거였거든요. 처음 시작할 때부터 그걸 보고, 내가 그 잡지를 너무 좋아해서 시작을 한 거기 때문에. 근데 그게 육 년 만에 현실로 됐잖아요. 그러니까 뿌듯하면서도 아, 별거 아니었잖아 라는 느낌. 약간 쌓아놓은 게 있었기 때문에 그렇게 됐겠지만. 그런 거 있잖아요. 진짜 사고 싶은 물건 사면 그 다음 날 시시하게 느껴지잖아요.

민경: 집에 며칠 있으면 집에 이미 있던 것들과 비슷한 느낌이 되어가긴 하죠.

약간 그런 느낌. 너무 간절히 원해서 그거를 얻으면 그 기다리는 기간 동안 감동을 이미 써버렸기 때문에 좀 많이 희미해지는 느낌이 들더라고요. 근데 개인적인 감정이니까. 근데 나처럼 일하면 솔직히 별로 성공 못 해요.

민경: 성공하셨잖아요.

성공 안 했어요. 이게 뭐가 성공이에요. 성공이란 거는 없는 것 같아요 내가 보기엔. 솔직히 성공이라 말하기엔 아직 너무 어설픈 상태죠. 이도 저도 아닌 상태죠.

민경: 그렇다면 편집장님이 생각하는 성공이란 어떤 건가요?

진짜 나만 할 수 있는 거야. 내가 남들 거 보고 그런 생각하거든요. 어떤 디자이너 옷 보고, 와 진짜 천재다, 진짜 잘한다, 진짜 멋있다. 근데 내 것을 보고 남들이 그렇게 얘기하진 않거든요. 근데 스스로 먼저 그게 느껴져야 그 순간엔 뭔가 성공이라고 우길 것 같은데, 그 순간이 안 올 것 같아서 성공 못 할 것 같아요. 왜냐면 제 스스로 그 정도의 능력이 되는 사람은 아니라고 생각하기 때문에. 어설프게나마 흉내는 낼 수 있는데, 정말 대단한 걸 하기에는 약간 부족한 사람이 아닌가.

'예스를 기대한 질문엔 노, 노를 기대한 질문엔 예스. 내가 예상했던 답변과는 완전히 다른 편집장님의 대답 덕분에 인터뷰를 끌어가는 데 상당히 애를 먹었다. 편집장님이 나를 마음에 안 들어 하나 싶을 정도였다. 그래도 괜찮았다. 다 좋았고 신선했다.

그런데, 인터뷰가 끝나갈 무렵 내게 망치로 머리를 한 대 맞은 것 같은 충격을 준 한 마디……'

근데 이렇게 남들 이야기 자꾸 듣다 보면 오히려 더 혼란스럽지 않나?

나는 그런 거 일부러 안 보는데. 뭐 힐링캠프, 강호동이 하는 무릎팍도사 이런 거. 되게 좋은 이야기들 많이 해주잖아요. 그래서 오히려 독인 것 같아요. 그게 사실 그 사람한테 맞는 정답은 아닌데, 뭔가 자꾸 방송이란 거는 그게 옳은 방향인 것처럼 포장이 되고, 그렇게 나아가면은 잘 될 수 있다는 것처럼 비춰져 버리니까. 그게 더 문제인 것 같아요. 자기계발서? 그런 게 딱 그런 비슷한 맥락이잖아요 사실. 자기한테 맞는 무언가를 찾는 노력이 필요한데. 남들 이야기 듣는 것보다 그때 자기가 어떻게 하고 있는지에 대해서 고민해보는 게 더 나은 것 같아요. 뭐 그건 내 스타일인 것 같지만.

.

.

.

이 사람, 내가 정말 맘에 안 들었나? 나한테 왜 이러는 거지?

편집장님의 말 한마디에 나를 지금까지 이끌어 오던 내 안의 모든 것들이 흔들리기 시작했다.

뒤를 돌아보았다.

나는 정말 잘하고 있는 것일까?

인연은 또 다른 인연을 만든다.

나를 필요로 해서 불러줬으니까 현장 가서는 최선을 다해서.
나밖에 생각 안 나서 부른 거잖아요.

소방관 황진철

인연이 만들어준 또 다른 인연

장석종 편집장님을 만난 이후 나는 한동안 멘붕 상태에 빠져있었다. 그동안 내가 반복해오던 모든 일에서 잠시 떨어져 그저 나를 바라만 보았다. 내가 해온 일을 바라만 보았다. 그 사람의 말 한마디에 이렇게 흔들리다니 나는 아직 멀었나 보다.

그러던 어느 날 한 통의 전화가 걸려왔다.

"여보세요."
"민경씨 나에요~"
"어머 안녕하세요 사장님!"

"잘 있었죠?"

"아 예 뭐 그럼요."

"대답이 영 시원찮은데."

"아니에요~ 어쩐 일이세요?"

"그때 말했던 소방관 인터뷰, 했어요?"

"아니요. 아직이요…"

"내가 소방관 한 명 소개시켜 줄까요?"

"네? 어떻게요?"

"내 동창 중에 소방관이 한 명 있는데, 그 친구가 인터뷰를 몇 번 해봤다네요."

"아 진짜요?!"

"민경 씨가 찾는 사람일진 모르겠는데 그쪽에선 잘 하는 친구인가 봐요. 우선 연락이라도 한번 해봐요."

* * *

나는 맨 처음 인터뷰를 하려고 마음먹었을 때부터 소방관은 꼭 만나보아야겠다고 다짐했었다. 자신도 위험할 수 있는 직업임에도 그 일을 선택하게 된 이유가 정말 궁금했기 때문이다. 또한 매체에서 소방관에 관한 이야기들을 접할 때면, 거의 매번 소방관들은 하는 일에 비해 그 대우가 별로 좋지 않다는 내용이었다. 그럼에도 불구하고 그 위험한 일을 해나가는 원동력이 무엇일지 정말 궁금했다.

하지만 소방관은 가깝고도 멀었다. 도무지 어떻게 소방관을 만나야 할지 생각이 나지 않았다. 또한 소방관이라고 해서 아무나 만날 수도 없었다. 인터넷으로 이리저리 소방관에 대해 검색하며 고민을 하던 나는 소방관을 다룬 다큐멘터리를 찾아본 후 거기에 나온 분들에게 연락을 취해보기로 하였다. 백승기 감독님을 TV에서 보고 찾아뵈었기 때문에 소방관 섭외도 가능 할 것이라는 생각이 들어서 내린 결정이었다.

마침 SBS 드라마 시크릿 가든에서 '소방관의 기도'가 방영된 후 소방관에 관한 다큐멘터리가 제작되었다. 그 다큐멘터리를 보며 거기에 소개된 소방관들의 이름과 근무 지점을 메모해 두었다. 그리고는 다시 그 지점 홈페이지로 들어가 현재 근무 중인 소방관 중에 다큐멘터리에 나오셨던 분이 있으신지 확인해보았다. 다섯 군데 정도 확인해보았는데, 여전히 그 지점에 근무 중이신 분은 한 분밖에 안 계셨다. 한 분이라도 계셔서 다행이란 생각으로 며칠 후 그분께 연락을 드렸다. 만약 거절하신다면 다른 소방관이라도 소개시켜 달라 할 심산이었다.

전화 통화는 꽤 오래 했다. 아마 내가 여태까지 했던 섭외 전화 중 가장 길게, 가장 열심히 설득하였을 것이다. 하지만 결과는 거절이었다. 인터뷰 시작 이래 처음으로 거절당했다. 그분께서는 방송이나 언론매체에 대하여 굉장히 부정적이셨다. 정확히, '진실 되지 못하기 때문에 하고 싶지 않다'라는 답을 들었다.

소방관님과의 전화 통화를 끝낸 후 소방관을 만나고 싶다는 나의 욕구는 더욱 커졌다. 비록 거절은 당했지만 큰 사실 하나를 얻었기 때문이다. 그분과의 대화를 통해 소방관들의 삶에 관하여 보이는 것과 실제 모습 사이에는 상당한 차이가 있을 것이라는 느낌을 강하게 받았다.

한편, 나는 인터뷰 이후에도 내가 인터뷰했던 분들과의 인연을 놓고 싶지 않아 그분들과 계속 연락을 취하려고 노력 중이었다. 내가 했던 방법은 사진을 찍으러 간다는 이유로 그분들을 한 번 더 찾아 뵙는 것이었다. 원래 처음 인터뷰를 할 때는 사진을 찍는다는 것은 전혀 생각지도 못했다. 그런데 인터뷰를 두 번 정도 하고 나니 그제야 사진을 찍어두었어야 하지 않았나 하는 생각이 들었다. 처음에는 아차 싶은 마음에 당황하였지만, 곧 좋은 구실이 하나 생겼구나 싶었다.

고미국수 김대현 사장님은 아마 내가 인터뷰 이후 가장 여러 번 만난 분일 것이다. 내가 사는 곳과 고미국수가 그리 멀지도 않았고 사진 촬영 이외에도 그냥 고미국수 음식을 먹으러 가기도 했다. 하루는 김대현 사장님을 만나 이런저런 이야기를 나누던 중 사장님께 소방관님과 전화 통화를 했던 이야기를 말씀드렸다. 그러자 사장님께서는 예전에 고미국수에 소방관들이 단체로 식사하러 왔을 때를 말씀해주셨는데, 그때 그 소방관들로부터 자신의 직업에 대한 굉장한 자부심을 느낄 수 있었다고 하셨다. 때문에 내가 혹시라도 소방관들이 대우를 잘 받지 못하고 있다는 생각을 전제로 소방관 인터뷰를 하면 불쾌해 할 수도 있으니 주의하라고 조언해주셨다.

하지만 이후 내가 소방관보다 장석종 편집장님을 먼저 만나 멘붕이 오면서 내 머릿속에서 소방관 섭외는 거의 잊혀지고 있었다. 그런 나를 깨워준 건 바로 김대현 사장님의 전화였다.
예상치 못한 도움이 반갑기도 했고 신기하기도 했다. 그렇게 난 고미 사장님의 도움으로 생각보다 수월히 소방관님과의 인터뷰를 성사시킬 수 있었다.

* * *

황진철 소방관은 소방관인 아버지의 권유로 소방관이 되었다. 원래는 경찰이 되고 싶었지만, 소방관이 안 되면 등록금을 안 내주시겠다는 아버지의 권유(?)에 우여곡절 끝에 조금은 늦은 나이에 소방관이 되었다. 그리고 어느덧 10년 넘게 소방관 생활을 하고 있다.

민경: 그래도 소방관 업무라는 게 특수 업무잖아요. 위험하기도하고. 그 부분에 대한 고민은 없으셨어요?

저희 집이 지금 아버지 소방관이셨지, 저 소방관이지, 또 저희 매제도 소방관이에요. 우리 집이 안전 불감증인지 다 그렇게 계속 겪다 보니까 이제는 익숙해졌죠. 그리고 소방관이 순직하는 게 요즘엔 좀 많아졌는데, 사실 보면 운전하다가 교통사고 나는 것보다는 적어요. 그리고 우리도 위험 예지 훈련, 도상 훈련 해가지고 준비하는 것들이 굉장히 많아요. 저도 처음에 소방서 들어 와가지고 소방학교로 기본 교육받으러 가서, 너희는 프로다 이러면서 굉장히 교육이나 정신무장을 많이 받았어요. 지금 근무하면서도 마찬가지예요.

십 년 넘게 근무를 하고 있는데 맨날 똑같아요. 처음 마음 그대로 하게끔. 그렇기 때문에 위험하다는 생각은 안 해봤어요. 그리고 소방조직이 그런 곳에서 근무하게끔 조직된 조직이잖아요. 어쩔 수 없죠. 군인이 전쟁터 나가서 죽을 거 겁내면 안 되는 것처럼.

민경: 소방관님도 현장에서 위험한 상황 많이 겪으셨나요?

한번은 화장실 문을 뚫고 천장으로 올라갔어요. 화장실 환기구인가? 그걸 들어 올릴 수가 없기에 그냥 뜯고 지붕으로 올라갔는데, 제가 밖에서 보기엔 밟은 만한 줄 알았거든요. 그냥 쫙 이렇게 뭐가 깔려 있는데 딱 밟는 순간 쑥 꺼졌어요. 거기가 삼 층 정도 위치였고, 전원주택 식으로 지어져서 가운데가 뻥 뚫린 구조였어요. 가운데에 홀이 있고 주변에 이렇게 난간이 있었는데, 그 가운데로 쑥 떨어져서 옆에 빔을 잡고 매달린 거예요. 밑에서 이제 경찰들도 놀라고 소방관들도 놀라고. 그땐 좀 많이 위험했죠. 그런 사건들은 많았죠. 위험한 사건들.

민경: 다치신 적은 없으세요…? 소방관들도 많이 다치는 것 같던데.

아, 저도 목 수술을 했어요. 예전에 성남에서 근무할 때였는데, 포크레인이 공사하다가 상수도관을 건드려가지고 물이 두 블록을 확 쓸고 지나갔거든요. 상수도 배관이 사백미리짜리로 큰 건데, 거기(사고 현장)는 막 고바이(비탈길)에 경사가 심하니까 쓰나미가 한번 지나간 현장이더라고요. 가보니까 완전히 난장판인데, 차도 못 들어가는 상황이어서 혼자서 걸어서 들어가다가 배수로에 빠졌어요. 흙탕물이어서 밑이 안 보이는 상태였는데, 막 무전하면서 뛰어가다 보니까 다리가 걸리면서 앞으로 고꾸라졌죠. 진짜 그땐 얼마나 창피하던지. 결국엔 디스크가 파열돼서 수술하고 그랬죠 뭐.

민경: 그게 창피하시다니요. 진짜 큰일 날 뻔하셨는데. 근데 그런 일을 겪으시면서 위험하다는 생각 안 드세요?

위험하긴 위험한데 그다음부터 조심하죠. 근데 조심을 하더라도 사고는 항상 나더라고요. 소방관은 원래 약간의 위험을 감수해야 되는 직업이에요.

민경: 근데 저의 생각인지 모르지만, 저는 소방관 못할 것 같거든요. 어쨌든 내가 위험해질 수 있는 직업이잖아요. 근데 그런 것들을 너무 자연스럽게 받아들이시면서 근무하시는 것 같아요.

이쪽 계통이 마니아들이 찾는 그런 직업인 것 같아요. 저도 아버지 때문이라고 아까 얘기는 했지만, 들어와서 처음에 딱 출동을 하는데 심장이 막 두근두근 거리고, "와" 이러면서 출동을 했거든요.

처음에 들어오자마자 교육 가기 전에 한 삼 일을 먼저 근무를 했어요. 그때 연휴 기간 중이라 학교에 못 들어갔거든요. 그래서 삼 일을 근무하는데, 배운 거는 아무것도 없지, 출동은 하지, 장비는 줬지, 진짜 막 심장이 두근두근하더라고요. 무섭기도 하고. 불은 막 이렇게 뿜어져 나오고. 와… 하하하, 밖에서 그냥 "와" 이러고 있었어요.

마니아들… 저는 점점 마니아가 되어가는 거죠. 처음에는 아니었는데. 어른들은 별로 저희를 안 좋아하는데, 길 가다 보면 아이들은 항상 손 흔들고 "안녕하세요!" 인사하고 그래요. 그 아이들한테 우리는 이제 슈퍼맨으로 보이겠죠. 아이들한테는 굉장히 큰 존재로 보이는 것 같더라고요. 그런 재미에 하는 거죠. 그러면서 점점 제 자신이 마니아가 되어가는 게 아닌가. 그리고 정신무장이 돼가는 게 아닐까. 그렇게 생각이 되네요.

민경: 전투본능 같은 것도 나와요? 저 불과 싸워보자! 뭐 이런?

이제 그…거를 자제해야죠. 하하. 다들 불 보면 흥분할걸요? 그 불이 막 타오르는 장면 자체가 굉장히 예술적이라고 해야 되나? 어떤 힘도 느껴져요. 불타는 광경 보고 있으면 다들 흥분할 거예요. 특히 아파트에 불이 나면 이제 불을 찾으려고 기어들어가요. 그럼 처음엔 아무것도 안 보여요. 막 부딪치고 그러면서 길을 찾아 들어가다가 딱 불 앞에 가면 연기가 없거든요. 상승기류 때문에 불 앞에는 연기가 없어요. 딱 환해지면서 불이 혼자 막 춤추는 느낌? 물 나오기 전까지 그거 보고 있어야 되는데, 나중에 뜨거워가지고 정신을 차리죠. 그게 굉장히 힘 있고 예쁘다고 표현해야 되나?

민경: 그 광경 자체는 순간적으로 사람을 홀리나 봐요.

네네. 그런 어떤 마력이 있는 것 같아요 불이라는 게. 흥분시키고.

민경: 이렇게 소방관님 이야기를 듣다 보니, 자신이 하는 일을 즐기고 좋아하시는 것 같아요. 사실 소방관님 만나 뵙기 전까지는 소방관들은 하는 일에 비해 그 대우가 좋지 않기 때문에 자신의 직업을 사랑하지 않을 거라는 생각을 가지고 있었거든요. 매체에서 소방관들은 약간 불쌍하게 비춰지는 경향이 강해서.

그렇지는 않아요. 그 이제 언론에서 소방관들 힘들다 이거는 근무 여건 대비 힘들다는 것 같아요. 보통 주당 몇 시간 근무죠?

민경: 40시간이요.

네. 근데 저희는 이제 따져보면 그 배 이상은 하고 있으니까. 주당

백 몇 시간 일할 때도 있었고 또 그거에 대해서 여태까지는 다른 보상 수단도 없이 옛날부터 했으니까 그냥 하란 식으로 위에서는 계속 그랬거든요.

하지만 소방조직은 커가는 조직이에요. 발전되어가고 있고. 최근에 와서 소송도 하고 했지만, 다른 데보다 수당도 많이 붙어요. 이제는 소방관들 동원하려면 그 사람 수당부터 시작해가지고, 수당을 주되 동원해서 최대한 효율적으로 쓰게끔 하고 있어요. 동원해서 정당한 대우하고, 정당하게 업무시키고, 잘 바뀌고 있는 것 같아요. 그렇게 불쌍한 조직은 아니라는 거죠. 그전에, 옛날에 불합리한 대우 받고 그럴 때는 좀 불쌍했죠. 지금은 많이 나아지는 추세에요.

민경: 그렇다면 소방조직이 더 좋은 방향으로 발전되는 데에는 매체의 역할도 있었다고 생각하시나요?

그럼요. 근데 이제 그 매체의 역할이라는 게 소방관들 순직할 때. 우리는 죽어야 발전하는 조직이다.

민경: 네… 저도 어디서 그런 문구를 봤어요.

그렇지 않으면 언론도 움직이지 않았죠. 큰 사고들이 일어나야, 아니면 우리가 순직해야 언론이나 이런 데서 저 사람들 누구냐, 어떻게 생활을 하냐, 어떤 문제가 있느냐. 그때서야 이제 한번 다뤄지고. 다뤄지기만 하고 사그라지는 경우가 많았죠. 그러면서 발전을 한 것 같아요. 발전은 지금도 하고 있어요. 아직도 불쌍하게 보이는 면도 없지 않아 있겠죠. 지금 우리는 삼 교대지만, 아직 이 교대인 곳도 있어요. 정말 문제가 되는 곳은 나홀로 지역대인데, 안 좋은 부분들은 나타나야 되는 거고 점점 해소되는 추세예요.

민경: 24시간 풀가동인 거죠?

네 그렇죠.

민경: 24시간 풀가동인데 이 교대면 정말 힘들겠어요.

네. 그러니까 다음날 자느라 바쁘죠. 사실 저도 처음 들어왔을 때는 선 긋는 게 되게 힘들었었어요. 어차피 직업이라는 것은 개인적인 생활을 위해서 있는 거잖아요. 근데 그때는 24시간 근무 였어서, 집하고 사무실하고 구분이 불명확한 거예요. 여기는 비상이 자주 걸리기 때문에 집이 퇴근이 아니라 자택대기에요. 집에서 자다가도 비상이 걸리면 한 시간 내에 비상 응소를 해야 돼요. 들어오는 걸 응소라고 하는데, 들어와서 사인하거나 아니면 현장으로 바로 들어가요. 그러다 보니까 이제 내 생활하고 회사 하고의 경계가 없어지는 거예요. 비번활동도 많았거든요 그때는.

민경: 비번 활동이면 어떤 거를 말씀하시는 거예요?

나가서 대상 처 소방검사를 한다거나, 경방 조사라고 해가지고 건물마다 이 건물에 불이 나면 우리가 어떻게 진압을 할 것이며 위험 요소는 뭐가 있는지 이런 거를 매달 조사 하는 게 있거든요. 모르셨죠? 불만 끄는 줄 아셨죠? 이런 요 앞에 있는 조그만 건물까지도 저희는 데이터베이스 구축이 다 되어 있어요.

민경: 그럼 당장 저 앞에 있는 건물에 불이 나도 그 건물에 대한 정보를 미리 알고 있는 거네요?

그렇죠. 저희는 찾아볼 겨를이 없는데 출동하는 지휘차 컴퓨터에는 다 뜨죠. 몇 층짜리 건물이고 뭐 그런 것들. 요즘에는 3D 작업을 하고 있는데, 건물을 3D로 올려가지고 불이 나면 시뮬레이션을 할 수 있게. 요기다 불을 놓으면 연기가 어떻게 퍼지는지. 소방관 위치도 지정할 수 있고, 불은 어디서 끄는 게 좋은지 뭐 그런 작업하고 있어요.

민경: 소방검사는 어떤 건가요?

소방검사는 범법자 잡으러 다니는 거예요. 건물 관리를 소방 안전 관리자가 관리하게 되어 있고, 또 건물주가 그 책임을 져야 되요. 그래서 그 관리를 얼마나 잘하는지, 소방사범을 적발하러 나가는 게 소방검사에요. 그리고 소방서에도 특별사법 경찰관이 지정되어 있어서 검사의 지휘를 받아서 그 사람들을 처벌하기도 하죠.

민경: 일반적인 구조 활동 외에 그런 업무도 하시는 줄은 몰랐어요. 제가 예전에 소방관에 관한 어떤 다큐멘터리를 본 적이 있는데, 그때도 소방관님들이 화재 진압 외에도 굉장히 다양한 일을 하시는 모습이 비춰졌었거든요. 겨울에는 고드름도 따러 다니고 여름에는 벌집 제거하러 다니고 등등 되게 많던데. 119가 일일이 구하러 다닌다는 뜻이다, 사람들이 무슨 일만 생겼다 하면 119에 전화를 한다, 그런 식의 다큐멘터리를 봤어요. 실제로도 그래요?

네. 뭐 하수구 물 퍼주는 것까지 나가기도 해요. 원래는 저희 일이 아닌데, 지금은 생활민원으로 한 파트를 **빼서** 그 쪽 일도 하고 있어요. 원래 소방관의 역할은 화재, 구급, 구조에서의 현장 활동이잖아요. 근데 생활민원을 **빼게** 된 이유가, 119라는 신고브랜드. 119라는 브랜드 자체가 위험상황에서 신고할 수 있는 체계 중에 제일 앞에 있는 체계거든요. 만약에 하수구 물이 넘쳐가지고 위해를 느낀다 그러면 어디로 전화하시겠어요?

민경: …119……??

그러니까요 하하. 그런 신고를 받아도 일단은 나가야 되는 거예요. 그 사람이 어떻게 위험할지 모르니까. 그래서 계속 나가기도 하고. 근데 문제는 거기서 현장 활동을 하다가 아무리 사소한 상황이라도 소방관이 부상을 입거나 순직할 수 있다는 거죠. 그게 이제 얼마 전에 나왔던 고양이 구조. 고양이 구조 나갔다가 순직했는데 국가유공자냐 아니냐.

국가유공자가 되려면 화재, 구급, 구조에 해당 되어야 해요. 아니면 그것들과 관련된 교육훈련에 해당되어야 하고요. 고양이 구조는 화재도, 구급도, 구조도 아닌데 이 사람은 소방 활동을 하다가 다친 거잖아요. 그래서 법이 다 개정됐어요. 고양이 구조도 국가유공자로 인정을 해줘요. 국가유공자도 다 세분화되어 있어서 국민의 생명과 신체를 보호하는 일을 했느냐 아니면 다른 업무로 재해를 입었느냐 이렇게 갈리긴 하는데 그전에는 그것도 아니었거든요. 그래서 파트를 나눠서 생활민원으로 출동을 나가서 현장 활동을 하죠. 근데 좀 황당한 경우들이 많죠.

민경: 솔직한 심정으로 약간 짜증난다거나 이런 걸로는 신고 안했으면 하는 마음 없으세요?

아까 처음에 저희는 프로라고 얘기를 했잖아요. 프로다. 프로는 현장 가서 짜증내면 안돼요. 지금 경찰도 마찬가지고 저희도 마찬가지고 공무원, 공공서비스를 하는 사람들은 다 감정 노동자인 것 같아요. 신고한 사람이랑 입장 바꿔놓고 생각해보면 돼요. 조금 전에도 말씀하셨잖아요. 하수구 물이 넘쳤는데 생각나는 게 119잖아요. 도와달라고 연락했는데 거기 가서 짜증내면 안 되잖아요. 최대한 좋은 말로 설명을 해드리고 와야죠. 그리고 와서 혼자 푸는 거죠. 한번은 문 닫아달라고 신고 들어온 적도 있었어요. 문이 잘 안 닫힌다고.

민경: 그럼 사소한 일이라고 여겨지는 것들도 119에 제보를 하는 사람들을 이해하시는 거네요?

지금은 이해가 가요. 사실 나가보면 진짜 하찮은 일도 많거든요. 근데 어디 물어볼 채널이 없어요. 그러니까 딱히 생각나는 게 119인 거죠. 출동 나가서 "문 고장난 건은 내일 관리사무소에 전화해보세요. 관리사무소에 수리하시는 분이 있습니다"라고 설명해드리면 그분한테는 해결된 거예요.

지금은 뭐 그거에 대해서 불만은 없어요. 그 사람은 찾을 사람이 저밖에 없으니까 찾았던 거고. 이 사무실에 있으면 뭐하겠어요. 나가서 그런 상담이라도 해드려야죠. 그게 공무원이고, 또 공무원도 서비스직이잖아요. 공공서비스니까. 경찰도 마찬가지지만 소방은 거의 90%가 서비스죠. 베풀고 봉사하고 이런 서비스이기 때문에 그런 불평이나 불만을 가지면 여기서 나가야죠.

나를 필요로 해서 불러줬으니까 현장 가서는 최선을 다해서. 나밖에 생각이 안 나서 부른 거잖아요. 죄송하다고 하고 올 때도 있어요. 아무리 해도 생각이 안 날 때. 아, 진짜 이거는 어떻게 해야 되지? 가끔 생각 안 날 때도 있거든요. 한번은 산에서 너구리가 내려 왔는데, 우리 장비로 잡다가 제가 놓쳤어요. 죄송하다고 그래야죠 뭐. 근데 너구리가 그렇게 해를 끼치는 동물은 아니에요. 사람 보면 도망가거든요. 근데 잡다가 놓쳤으니까 죄송하다고.

프로라면 용맹성도 있어야 하지만, 친절. 친절도 공무원의 의무 중에 하나에요. 일반 서비스업도 마찬가지에요. 최대한 친절하게. 나를 원해서 불렀으니까. 필요해서 불렀으니까. 그렇게 생각하고 있어요. 불평 가지면 저만 스트레스 쌓이는 거고 제 건강만 안 좋아질 것 같아요. 다른 서비스 업종에 계신 분들도 그런 생각 하시지 않을까 싶네요.

민경: 그렇게 이런저런 현장 활동 많이 하시다 보면 에피소드들도 정말 많겠어요. 진짜 좀 황당했다거나 웃겼다거나, 기억에 남는 사건 있으신가요?

사실 웃겼던 거는 별로 기억에 안 남는데… 아, 장난전화했던 사람 잡은 적이 있어요. 제가 하남 소방서 상황실에 있을 때인데, 열두 시부터 세시까지 꼭 그 시간만 되면 전화가 와요. 그 사람은 머리부터 아프대요. 머리 아프고 가슴이 아팠다가 이제 배까지 아프면 그 사람 자는 시간이에요. 근데 나가보면 그 자리에 없고. 꼭 일정한 공중전화거든요. 그래서 안 되겠다 싶어서 선배랑 동기랑 짰죠. 잠복해있어라, 다시 전화가 오면 무전으로 신호를 주겠다. 그래서 숨어 있었어요.

그때 이제 잡고 보니까 35살이고 일반 직장 다니는 평범한 회사원이었는데, 문제는 그 아버지한테 맨날 맞는. 서른 몇 살 먹어도 맨날 아버지한테 맞는 분이었어요. 지금은 경찰에 넘기면 경범죄로 처리되고, 저희도 허위 신고로 처분을 할 수 있어요. 어떻게 할까 했는데 나중에 구급대원이 들어와서 설명하더라고요. 보내줬다고. 어머니가 그렇게 비시더래요. 지금 여기 온 거 아버지가 알면 또 맞는다고. 한 번만 봐달라고 그 어머니가 사정사정하고 비셨대요. 그래서 한번 봐줬어요. 재미있는 얘긴 아니죠?

민경: 저는 황당한 사건이 있었냐는 질문이었는데, 웃겼다는 표현이 조금 잘못됐던 것 같아요. 그러면 그 사람은 마땅히 자기의 힘든 일을 털어놓을 때가 없어서 소방서에다 계속 전화를 한 거예요?

아니에요. 소방서만 전화한 게 아니라 처음엔 114부터 시작을 했대요. 그러니까 퇴근 시간이 12시는 아니었겠죠. 114, 112, 119 뭐 그렇게 그 전화박스를 전세 내고 계시는 분이었어요. 그 사람은 아버지한테 혼나면서 받은 스트레스를 그런 식으로 해소했던 거죠.

민경: 자기 얘기를 털어놓을 사람이 없으셨던 건 아닐까요?

머리 아파요 이러면 와주고, 자기 마음대로 되고, 거기에 이제 희열을 느꼈던 거죠. 누가 자기 마음대로 조종된다는 그런 거에 만족감을 느꼈던 거죠. 이게 이제 재미있는 얘기라고 해드린 거고.

이거는 좀 슬픈 얘긴데, "칼에 찔렸어요"라는 전화를 받은 적이 있어요. "우리 아이가 칼에 찔렸어요"라고 어머니가 다급한 목소리로 전화했는데, 막 사방에서 전화가 오더라고요. 수보 전화 모니터를 보면 전화한 주소, 전화번호, 그리고 누구 것인지 이런 것까지도 다 나와요. 아주머니도 전화했고, 윗집 아랫집 막 난리가 난 거예요. 그래서 경찰한테도 통보하고 우리 구급차 보내고 했는데, 이제 나중에 알고 보니까 아빠가 먼저 엄마를 찌르고 애도 찌른 거예요. 아빠는 자해하고. 근데 엄마는 우리 애가 찔렸어요. 나중에 돌아가신 분은 엄마. 저한테 처음에 전화했던.

민경: 아이는 살았고요?

네. 아이는 살고. 어머니만 돌아가시고 나머지는 다 살아 있더라고요. 그런 상황에서 그 엄마 목소리가 계속 기억에 남는. "우리 애가 찔렸어요." 돌아가신 분은 엄마니까. 그건 몰랐죠. 엄마까지 찔렸는지. 그때, 마음이 아팠다고 해야 하나…

민경: 본인이 찔린 것보다…

네…그러니까요. 엄마의 자식 사랑. 계속 그 목소리가 생각나면서 그 생각이 들더라고요.

민경: 그런 일들이 지속적으로 있으셨을 것 같은데…

그러니까요. 그게 이제 저희 조직 전체의 문제인데, 그게 지금 계속 생각나는 것 자체가……. PTSD[2]라고 들어보셨죠?

민경: 정신적 트라우마 같은 건가요?

네. 트라우마죠. 남자들이니까 뭐, 그런 거는 속으로 삭여야지 그러면서 점점 더 깊어지는 거죠. 근데 저는 말이 많아가지고 하하. 이 사람한테 얘기하고 저 사람한테 얘기하고. 그랬는데도 계속 생각나는 그런 사건들이 있어요. 현장 가서 최초로 돌아가신 분 봤을 때. 그때는 지금도 생각나요. 그때는 직원들이 제가 다음 날 사표 쓸 줄 알았대요. 그 상황은 아직도 생생하니까.

민경: 계속 안고 가시는 거 힘드시지 않으세요? 어떤 그런 아픈 기억들?

그런데 감당해야 될 부분이기 때문에.

민경: 당연하다 생각하시는 거예요?

그런 게… 이 직업의 단점 아닐까… 위험한 상황보다 그런 것들이 더, 더 내 자신한테 위험하죠. 위험한 것 같아요. 지금 현재도. 허허. 정신 건강에도 제일 안 좋고.

교통사고 현장 보면 운전하기 무섭고. 진짜 트라우마가 굉장히 심각하게 작용은 하는 것 같아요, 제가 만약에 교통사고 현장에 나가서 뒤집어 있는 차들을 보면, 저는 그 상황이 막 떠오르거든요. 이 차, 어떻게 해서 이렇게 됐구나. 그런데 퇴근하면서 운전을 하게 되면 차선을 못 바꾸겠는 거예요. 이 운전대가 안 움직여요. 그런 상황들이 꽤……

---

2) post traumatic stress disorder(외상 후 스트레스 장애)의 줄임말

또 자연스러운 위험 예지 훈련이 되어 버리니까. 우리는 막 저 그림 보면서도 저 그림에 무슨 위험이 있는지 그런 훈련들을 매일 하거든요. 그러면 그 예측 되는 것들 때문에 민감하게 반응하는 것 같아요. 매일 출동하고, 항상 사고현장을 접하다 보니 늘 긴장하고 있으니까 작은 일에도 예민해지더라고요.

상황실에서 지령을 일체 방송하면 화재 같은 경우는 전화받는 목소리까지 나와요. 우리는 물어보는 멘트가 정해져 있어요. 그 사람이 어떻게 얘기를 하게끔 유도를 하면서, 어디라고요? 어디에 불났는데요? 우리가 그걸 들으면서 막 계단 내려가면서 옷 입고, 그거부터가 시작인 거예요. 긴장의 시작. 처음부터 끝까지 긴장하고 있으니까. 집에 가서도 풀리진 않죠. 항상 집사람한테도 그런 부분에 대해서 잔소리하게 되고. 그랬던 것 같아요. 요즘에 안 하려고 노력하고 있죠.

민경: 일종의 직업병이 생기신 거네요.

그런 것 같아요. 그래서 그 출동 전후 스트레스가 굉장히 커요. 구급대원들도 마찬가지 일 것 같아요. 저는 진압 대원이다 보니까, 사람들 목소리부터 들으면서 진짜 불이 났을까? 안 났을까? 막 이런 생각하면서 나가거든요.

민경: 힐링 하는 시간 같은 거 따로 못 가지시나요?

그래서……캠핑 다녀요^^ 원래 집사람이랑 놀러 다니는 거 좋아했는데, 작년부터 캠핑 다니기 시작했어요.

민경: 언제 가장 보람을 느끼세요?

제 개인적인 뿌듯한 점인데… 사람 구했을 때가 제일 뿌듯했죠. 소방관이 사람을 구할 수 있는 상황이 그렇게 많지 않아요. 왜냐면은 다 돌아가 계세요. 이제 현장 활동 끝나고 다음 날 아침에 보고서가 떠요. 어제 인명피해, 재산 피해 얼마고. 사망 몇 명, 부상 몇 명 이렇게 떠요. 처음에 구조해 냈을 때는 그 사람이 어떻게 될지 상황을 모르잖아요. 근데 다음 날 아침에 보고서를 딱 보고 중상이라도 살아 계시면 되게 뿌듯하더라고요. 그런 상황이 두 번인가 있었어요.

성남에서 근무할 때였는데, 그분은 제가 지금까지도 계속 궁금해요. 단란주점인가? 거기 지하에서 화재가 났어요. 직원들이 주 출입구로 화재 진압하러 들어가더라고요. 그리고 그때 처음에는 주인아주머니가 안에 사람 있냐고 물어봤을 때 없다고 그랬었거든요. 그래서 구조자에 대한 생각은 못 하고 있었어요. 저는 이제 주력이 이쪽으로 들어갔을 때, 반대쪽으로 도착한 거예요. 항상 주 출입문 반대에 비상구가 있어요. 비상구에서 연기도 그렇게 많이 안 나오는데 이쪽으로 진입해야겠다 생각하고 혼자 이쪽(비상구)으로 들어갔죠. 보통 단란주점이나 노래방에 비상구 쪽에는 아가씨 방이 있어요. 이렇게 딱 봤는데, 연기가 위에서부터 차고 있었어요. 그래서 연기 밑으로 기어들어가면서 살펴보는데 이불더미 같은 게 보였어요. 그래서 기어가면서 저게 뭐지 그랬는데, 구조대원 한 명이 뛰어들어오더라고요. 둘이 같이 가서 보니까 사람이 쓰러져 있던 거예요.

민경: 정신을 잃고?

네. 처음엔 이불 말아놓은 것처럼 보였어요. 젊은 여자 분이었는데, 원래 사람이 이렇게 처지지 않았을 때는 그냥 바로 안고 나올 수 있거든요. 근데 사람이 처지면 엄청 무거워요. 그 구조대원이랑 저랑 둘이서 진짜 끙끙대면서 겨우겨우 그 좁은 비상구를 뒷걸음질쳐서 나오는데, 나오다가 제가 머리카락을 밟은 것 같아요. 머리카락을 밟으면서 이렇게 내려다봤는데, 눈을 살짝 떴다 감는… 제가 헛것을 봤는지, 헉… 이러고 이분 의식이 있는 것 같다 그러고 막 나왔죠.

그때는 저도 이제, 사람 눈 마주쳐봐요. 허허 어떻게 되셨는지 모르겠지만 쓰러져 있는 사람하고 눈이 마주친다는 게 깜짝 놀랄 일 아니겠어요. 그래서 막 이제 밖으로 구조해서 길에다 눕혀 놓고 구급대원 오라고 해서 구급대원이 데리고 갔는데, 그때까지도 의식은 없었어요. 내가 머리를 밟아서 근육이 당겨지면서 눈이 떠진 건지 아무튼 굉장히 궁금한 거예요. 나중에 사장님께 사람 없다면서요 그랬더니, 아 누가 지갑 가지러 들어갔다고 하시더라고요. 아유, 지갑에 얼마나 들어있는지 모르겠지만. 아무튼 근데 다음날 보고서 보니까 그분이 살아 계시더라고요. 그때 눈 떴었다고 막 구급대원들한테 버벅거리면서 얘기했던 것 같아요. 그렇게 이제 사람 구할 때. 딱 두 번 있었던 것 같아요.

'너무나도 자연스럽고 의연하게 일을 하고 계셔서, 더 대단하다고 느꼈다. 아주 담담하게, 평범한 일상 얘기하듯 말씀하셔서 질문할 때마다 내가 잘못 질문하고 있나 하는 생각이 들기도 했다. 인터뷰 중간 중간에도 출동 사이렌이 여러 번 울렸다. 내가 생각했던 것보다 자주 울려 놀라웠는데 알고 보니 그 날은 최근 들어 가장 한가한 날이었다. 그 날 들은 출동 방송 중 사람이 가구 자르는 절단기에 끼인 사고가 있었다. 나는 생각만으로도 끔찍해 오만상을 찌푸렸는데, 소방관님께서는 그저 덤덤히 "이런 사고가 이제 또 머릿속에서 며칠 가겠죠"라고 말씀하셨다. 항상 이런 일을 겪으며 그 정신적 스트레스를 어떻게 극복하는지 나로서는 도저히 상상할 수 없었다.'

민경: 아버지의 권유로 소방관이 되셨는데 후회는 없으세요?

후회는 안 해봤습니다.

민경: 소방관님 아기가 나중에 커서 소방관이 된다 하면 찬성하실 거예요?

반대 안 할 것 같아요. 근데 좀 열심히 공부해서 간부로 들어간다든지 하게끔 할 것 같아요. 아빠처럼 밑에서부터 출발하지 않도록 다른 방법을 알려주지 않을까.

민경: 소방관님 꿈이나 목표는 무엇인가요?

일단 저 이제 처음에 들어왔을 때부터 경험을 굉장히 많이 해보고 싶었어요. 그러니까 예를 들자면 구조를 안 가리고 다 근무해보는 경험을 해보고 싶어요. 제가 나중에 지휘관이 되어서 내 직원을 살릴 수 있기 위해서는 내가 경험이 많아야 된다는 생각을 해서요. 옛날에 저를 살려주신 분도 있고.

성남 중앙시장 화재 때였는데, 저는 이제 안으로 진입하는 중이었어요, 한 십오 미터 정도? 많이 진입했죠. 근데 수관이 안 딸려오는 거예요. 소방호스가. 그러면서 바깥을 봤더니 그때 진압 대장님이 건물 무너진다고 나오라고, 밖에서 막 나오라고 소리치시더라고요. 그래서 건물 입구 쪽으로 가서 기둥 옆에 몸을 숙이고 화재 진압을 하고 있었는데 다음날 보니까 중앙시장 건물이 다 무너져 있었어요. 그분 아니었으면 저 어떻게 됐을지도 몰라요.

민경: 그분은 그걸 직감적으로 아셨던 거네요?

건물에 균열이 가는 중이었는데 밖에서 시장 관계자는 왜 위에서 물을 안 쏘냐 하는 상황이었어요. 그때 진압 대장님께선 내부에 우리 직원들 들어가 있는데 지금 물 쏘면 직원들이 위험하다, 물을 못 쏜다 이렇게 대치하고 계셨던 거죠. 그런 것도 다 경험에서 나오는 거잖아요. 매뉴얼도 있지만 그렇게 강하게 다른 사람들하고 얘기할 수 있는 자체가 경험이 있기 때문에 가능한 거거든요. 그런 균열 같은 거는 진짜 현장 가면 잘 안 보여요 사실.

그런 것들을 캐치해낼 수 있는 지휘관. 내 직원을 살릴 수 있는 지휘관. 그래서 경험을 많이 해보자. 그래서 많이 돌아다녔어요. 저는 경방이라 자격은 없는데 구조대원도 해봤고, 구급대원은 요즘에 땜빵으로 조금씩 하고 있어요. 다 제 경험이 되는 거고, 구급대원 안 해보면 나중에 구급대원을 이해를 못 하잖아요. 구조대원도 마찬가지고. 다 해보려고 그렇게 하고 있어요. 그런 지휘관이 되는 게 제 목표에요.

.

.

.

인연이 만들어준 또 다른 인연,
나는 그동안 헛걸음했던 것이 아니었다.
직업에 대한 소명의식이 내 한걸음 또 채워주었다.

내 꿈의 유통기한은?

과정이 없는 꿈은 없어.

연신내역 역무원 이명환

내 꿈의 유통기한은?

소방관님과의 만남 덕분에 나는 멘붕 상태에서 벗어날 수 있었다. 나는 나 혼자 걸어가는 길이라고 생각했는데 계속 누군가로부터 도움을 받았다. 인터뷰 섭외뿐 아니라 내가 흔들릴 때 나를 잡아줄 수 있는 누군가, 어떤 상황들이 계속 나타났다. 불과 몇 개월 전만 해도 나는 정말 되는 일이 없다고 생각했었는데 이제는 달라져 있었다.

"난 정말 운이 좋아."
내 입에서 이런 말이 튀어나올 줄은 감히 상상도 못 했었다.

하지만 그렇다고 그 이후의 매 순간이 내 맘 같았던 것은 아니다.

퇴짜.

퇴짜.

또 퇴짜.

다시 에너지를 재충전하고 인터뷰를 하려 하는데 이상하게 섭외되는 사람이 없었다.

이음(소개팅 주선 회사) 대표 박희은.

아띠 인력거(북촌 인력거 관광 회사) 대표 이인재.

강용석 전 국회의원…….

내가 너무 멀리 간 건가?

모두 나와 인연이 아닌 거겠지..?

그래 분명 나와 맞는 새로운 인연이 있을 거야.

번번이 퇴짜가 반복되었지만 나는 굴하지 않았다. 난 이제 내 운을 믿기 때문이다.

나는 더더욱 인터뷰 섭외에 열중하기 시작했다. 내가 그때 한창 꽂힌 방법은 바로 잡지였다. 학교에서 나 혼자 보낼 수 있는 공강시간이 생길 때마다 도서관에서 잡지를 찾아보곤 했는데 생각보다 잡지 속엔 많은 사람이 있어서 매번 아주 흥미롭게 읽을 수 있었다. 우리나라에 잡지가 그렇게 많은지도 그때 처음 알았다. 그리고 도서관에 있는 잡지들을 반쯤 섭렵했을 때 드디어 나의 인연을 찾았다.

매주 목요일 세시, 지하철 3호선 연신내역은 흥겨운 웃음소리와 노랫소리, 박수소리로 역 전체가 활기 넘친다. 연신내역 이명환 과장님의 웃음 치료 강의가 진행되기 때문이다. 2009년 4월부터 시작하여 매회 이백여 명의 시민이 찾고 있는 과장님의 웃음 치료강의는 이제 연신내역의 명물이 되었다.

인터넷에 이명환 과장님을 검색해보면 꽤 많은 관련 인터뷰 및 동영상들을 찾아볼 수 있다. 인터넷에서 찾은 자료들을 살펴보던 나는 "은퇴 후의 삶에 대해 고민하다가 웃음치료사가 되었다"라는 말에 꽂혀 인터뷰를 하기로 마음을 먹었다.

인터넷에서 연신내역의 전화번호를 찾아 역이 가장 한가할 것 같은 시간에 전화를 걸었다. 이명환 과장님께서 인터뷰를 여러 번 해보셔서 그런지 전화는 다른 분께서 받으셨는데도 내가 인터뷰 때문에 전화를 드렸다 하니 바로 이명환 과장님의 연락처를 알려주셨다. 사무실에서 안내받은 시간에 이명환 과장님께 연락을 드렸고 과장님께선 큰 거부감 없이 바로 응해주셨다. 순조로웠다. 인연은 따로 있었나 보다.

그리고 약속한 날짜에 과장님을 뵈러 연신내역으로 찾아갔다. 인터뷰는 역사 사무실 내 역장님 방에서 이뤄졌는데 역장님께서는 과장님을 굉장히 자랑스러워하시는 듯했다. 인터뷰 전 내게 과장님과 관련된 이런저런 신문 기사들을 보여주셨고, 인터뷰도 편히 할 수 있도록 자신의 사무실까지 비워주셨다. 그런 역장님의 배려에 나는 그 어느 때보다 집중해서 인터뷰에 임할 수 있었다.

* * *

이명환 과장은 역무원이 되기 전 인쇄공장에서 일했다. 하지만 고달픈 육체노동으로 인해 몸과 마음은 피폐해져 갔고 그러한 육체노동에서 벗어난 일을 하고 싶단 동기로 역무원의 길을 가게 되었다. 어느덧 56세, 역무원생활을 30년째 하고 있는 이명환 과장은 은퇴후의 삶을 고민하다 웃음치료사를 선택하게 되었다.

민경: 은퇴 후의 삶을 고민을 하시다가 웃음치료강사를 선택했다 하셨는데 왜 웃음치료사였나요?

우리 선배들이 여기서 역장님 또는 센터장님으로 계시다가 정년퇴직을 하시잖아요. 정년퇴직하시고 난 후에도 가끔 지나가면서 들리시거나 먼저 같이 근무했던 직원을 찾아오시기도 한단 말이에요. 그러면 제가 물어봐요.

"요즘 뭐 하세요? "

그러면 이제 그분들께서 그러시죠.

"하는 게 뭐가 있어 이 사람아. 할 줄 아는 게 있어야지…"

역장님, 소장님, 센터장님, 막 현직에 있을 때 자기위치만 생각하는 거죠. 그 정도 위치에 있다 보면 어깨에도 힘이 들어가고 또 직원들이 암암리에 선물도 주고 하거든요. 그러다 보면 나름대로 권위를 갖고 살게 되고 어느 순간부터 자기를 잃어버리고 자기를 통찰하지 못한 채 살아오게 된 거죠. 그런 세월이 있었다는 것을 우리한테 얘기를 해준 거예요. 내가 지금 현재 위치가 어떤지, 앞으로 어떻게 살아가야 되는지에 대해서 각성하지 못한 세월이 있었다는 것을.

그러니까 그 모습을 봤단 말이에요. 그 모습을 보고 나니까 정년 퇴직 후의 나의 제2의 인생을 설계해 놓지 않으면 나도 저 모습으로 늙어가겠구나 싶더라고요. 어떤 식으로? 아주 초라하게. 나이 먹고 늙었는데 기껏 할 수 있는 게 뭐야. 아파트 경비직? 아니면 맨날 박스 끌어가는 할아버지도 보고 그래요. 그런 모습들을 보면서 저 모습이 내 모습일 수도 있겠구나 하는 거죠. 근데 어느 날 웃음치료사라는 사람이 텔레비전에 나와서 강의를 했는데, '어 저거 내 거다'라는 생각을 했어요.

민경: 그런 생각을 하시게 된 이유가 있으신가요?

어렸을 때부터 어디 가서 남들이 레크레이션 진행해주는 것을 보면 그거를 내 것으로 받아들여서 친구들이나 동료들한테 활용하고 그랬어요. 어떤 끼라든가 하는 기본적인 것들이 있었죠.

민경: 그럼 역무원 생활하시면서도 그런 활동들을 하셨겠어요.

많이 했죠. 직원들하고 야유회 갈 때도 만약에 가기로 한 날 비가 오거나 하면 그날 방에서 할 프로그램을 제가 준비해가지고 레크레이션을 진행하곤 했죠. 레크레이션 강사, 펀리더십강사, 웃음치료사, 언어전달지도사, 국제웃음요가 치료사, 명상심리지도사3급자격증. 지금은 명상심리지도사2급 공부하고 있어요.

민경: 그 모든 것들이 다 역무원생활 하시면서 따신 거예요?

네. 근데 그런 것들이 왜 필요했냐 하면 이다음의 나에 대한 불안이에요. 내가 초라하게 늙으면 안 되겠다라는 불안감. 미래를 대비하지 않으면 결코 안 되겠다는 불안감.

민경: 그렇게 시작하신 첫 강의 어떠셨어요? 떨리거나 걱정되거나 하는 그런 두려움은 없으셨어요?

첫 강의를 어떻게 받았냐 하면 제가 교육받았던 한국웃음센터라는 데가 있는데 거기 교육프로그램 중에 스트레스 치료교실이라는 프로그램이 있었어요. 근데 그 프로그램을 진행하던 강사가 그것보다 더 중요한 강의가 있으니까 나를 땜빵강사로 집어넣은 거예요.

그래서 가봤더니 딸랑 세 명 있더라고요. 그것도 나하고 처음 만난 강의 대상이 아니고 원래 계속 수업을 듣고 있었던 사람들. 그러니까 이 사람이 무슨 강의를 어떻게 했는지 모르니 나도 내 강의를 어떻게 집어넣어야 될지 모르겠더라고요. 정말 막막했죠. 근데 비록 세 명밖에 없었지만, 내가 배웠던 강의장에 강사로 서게 된 거니까 어떤 감격이나 감동이 느껴지더라고요.

민경: 잘 마치셨어요?

그 세 명한테 직접 들었어요. 첫 강의치고 참 잘하셨다. 진실이 보였다고 얘기를 하시더라고요. 그분들이 나중에 나한테 "선생님은 정말 하나를 하더라도 성심성의껏 하셔서 저희도 참 좋았습니다"라고 피드백을 해주셨어요. 그 말에 저도 마음이 이렇게 벅차올랐죠.

그 강의가 처음엔 세 명부터 시작을 했는데, **땜빵강의**를 한번 하고 나니까 원래 강사가 자꾸 강의를 넘겨주는 거예요. 나중에는 결국 제가 다 강의를 하게 됐어요. 처음엔 세 명부터 시작했던 강의였는데 열일곱 명까지 늘어났어요.

민경: 그때 강의 중 기억에 남는 강의가 있나요?

내가 잊지 못할 강의가 하나 있어요. 어느 날 강의를 진행하고 있는데, 문이 삐그덕 열리는 거예요. 자그마한 키에 아주 꾀죄죄하고 씻지도 않은 채 모자 뒤집어쓴 사람이 저 뒤에 와서 앉는 거예요. 강의 끝나고 당연히 물어볼 거 아니에요.

"어떻게 오셨어요?"
"저는 과천에서 왔는데요, 지금 쉰여덟인데요, 이제 주님이 저를 불러요."

그분은 우울증이 너무 심했던 거죠.

"그래서 제 딸한테요 이거는 나 죽을 때 써라, 이거는 너 시집갈 때 써라, 이거는 빚 갚고 뭐 할 때 써라 하고 다 나눠줬는데요, 우리 딸이 선생님한테 한번 가보라고 그랬어요. 웃음치료교실에 한번 가서 엄마 웃음치료 한번 받아봐라 그래서 찾아왔어요."

근데 그 소리 듣는 순간 그 아픔이 나한테 왔어요. 아, 이 사람이 이제는 마지막 동아줄을 잡으려고 왔는데 내가 혹시 잘못해서 이 사람이 그 끈마저 놓아버리고 이 삶을 끝내버리면 어떡하지…? 내가 우울증에 걸린 거예요. 내가. 근데 그분 덕에, 그분들 덕에 공부를 계속할 수밖에 없었어요. 왜냐면 일주일에 세 번을 강의를 해야 되는데 일주일 내내 똑같은 강의를 할 수 없잖아요. 자꾸자꾸 보고 배우게 되고.

근데 이 아주머니가 한 삼 주 정도 지나고 나니까 이렇게 쪼글쪼글 했던 얼굴이 확 피는 거예요. 우리 전부 다 그랬어요. "저 아줌마 진짜 좋아졌어요." 환하게 피었거든요. 전부 다 이구동성으로 아줌마 너무 좋아졌다고.

그런데 어느 날 안 오시는 거예요. 강의를 진행하는데 안 와. 아 왜 안 오시지? 전부 다 이제 웅성웅성했어요. 한 이십 분쯤 강의했는데 아줌마가 왔어요.

"아유 왜 안 오셨어요. 왜 늦으셨어요? 안 오시는 줄 알았네."
"안 오긴 왜 안 와요~돈 냈는데 아까워서라도 와야죠."

근데 조금 이따가,

"선생님 저 이제 이달까지만 오고 안 올 거예요. 선생님 덕분이에요. 이제 우울증 많이 나았고, 자신감도 생겼어요. 그래서 저 이제 여기 안 와도 돼요."

그 소리 듣는데 이 가슴이 막…그러면서 내 눈물이 글썽글썽 거렸어요. 그 강의장의 모습은 내가 잊을 수가 없어요. 정말 웃음치료를 통해서 한 사람의 목숨을 살렸구나.
우울증이 심한 사람은 죽어요. 우울증이 심한 사람은 숨을 못 쉬어요. 나로 인해서 한 사람의 생명까지도 살릴 수 있다는 것에 대해서 이제는 어떤 사명감도 느끼고 있다고 해야 하나.

민경: 계속 하시게 만드는 어떤 원동력인가요?

사명감.

민경: 다른 사람들은 과장님 덕에 바뀌는데 과장님 스스로에게도 웃음치료 강의를 통한 어떤 변화가 있었나요?

그렇죠. 내가 이거(웃음치료사) 시작한 지 한 육 년 됐는데, 처음 강의 시작했을 때 근무했던 곳이 종로 삼가 삼 호선이었거든요. 거기서 시작을 했는데, 내가 웃음치료사 하러 다닌다 하니까, 그때는 후배들이 "그래요?" 하고 말더라고요. 그런데 요 근래에 같이 술 마시면서 그런 얘기를 하더라고요.

"선배 그때 내가 뭐라 그랬는지 알아 속으로? 아이고 자기 얼굴이나 잘 가꾸지. 저 얼굴 가지고 무슨 웃음치료사 한다고…"

자기네끼리 뒤에서 그런 얘기를 했다는 거예요. 근데 지금도 제 얼굴이 사실 밝은 얼굴은 못돼요. 역무원이 사람을 상대하는 직업이다 보니까 짜증 속에서 일할 때가 많아요. 얼굴은 자기 가슴속에 있는 내면을 표현하는데 역무원생활을 30년 동안 하다 보니까 정말 이제는 표정변화가 힘들더라고요. 그나마 지금이 웃음치료사 하면서 많이 환해진 거예요.

그렇게 표정이 바뀌었고 또 하나는 건강이 굉장히 좋아졌어요. 그리고 체질도 바뀌었어요. 원래 고등어를 못 먹었어요. 고등어가 제 체질에 안 맞아서 먹으면 생목이 올라오고 메슥거리더라고요. 근데 웃음치료 강의를 삼 년 정도 하면 체질이 바뀐다고들 해서 어느 날 한번 먹어보자 하고 고등어를 먹었는데 아무렇지 않더라고요. 그래서 이제는 고등어 먹어요.
이 웃음이 갖고 있는 힘이 엄청나요. 몸의 균형을 맞춰주거든요. 아토피 피부염 갖고 있는 애들도 웃음을 통해서 치료된 사례가 있어요.

또 강사로 다니면서 느끼는 것도 많아요. 제가 복지관에 가서 할머니들도 만나보고 또 정신보건센터에 가서 정신지체장애자들을 만나곤 하거든요. 한번은 반포구에 갔어요. 반포는 강남이잖아요. 돈 많잖아요. 갔는데 그 동네에 사는 정신지체장애자들이 온 거예요. 그 사람들을 대상으로 웃음치료 강의를 했어요. 겉모습은 다들 예쁘고 잘 생기고 옷도 귀티나고 뽀얗더라고요. 근데, 애들이 정신지체장애가 있다 보니 눈도 막 이상하게 뜨고, 저를 부를 때도 "선생님~~&%$%#$@@"

아…자식들이 건강하게 자라준 것만 해도 너무 행복한 일이구나. 현실을 알게 된 거예요. 그러니까 내 스스로가 자식들한테 왜 공부 안 해 이놈아, 뭐 이런 잔소리를 못 하겠는 거예요. 공부 암만 해봐라, 공부 잘하다가…카이스트에서도 떨어져 죽고 그러잖아요.

민경: 그렇게 강의하시면서 많은 사람을 만나다 보면 느껴지는 것들이 정말 많으시겠어요.

자꾸 능력보다 많은 걸 시키기 때문에 우울증이나 자살 같은 현상이 나타난다고 보거든요. 전부 엘리트 교육을 추구하기 때문에. 왜 옆집 순이는 하는데 너는 안 하니. 그러면 얘는 어쩔 수 없이 하고, 그 과정에서 어느 순간에 고꾸라지는 거죠. 자살이냐 아님 우울증이냐. 이런 병리 현상으로 나타나는 거죠. 근데 그때 가서는 부모가 아무리 후회해도 소용없는 거예요. 근데 그런 모습을 보면서 부부간에도 다툼이 생기게 되고, 결국 가정의 융합이 깨지는 거죠. 그런 것들은 결국 나중엔 사회가 다 받아들일 수밖에 없는 상황인 거고.

요즘 웃음치료 하면서 강의하면서 느낀 것 중에 핵심은 우리 사회의 교육문제. 변화시키지 않으면 굉장히 심각하다. 개인들은 기껏 죽어라 공부해서 스펙을 왕창 쌓아놨는데 그걸 국가가 책임져주지 않잖아요. 국가가 활용해서 자본으로 쓸 수 있을 만큼 일자리가 있느냐는 거죠. 국영기업체에 직원 수를 늘려서라도 폭을 넓혀줘야 될 텐데, 국영기업체까지도 사기업처럼 경쟁체제 도입한다고 인원을 줄이고 있거든요. 옛날엔 역무원이 이천삼백 명이었는데, 지금은 천 팔백 명 정도밖에 안 돼요. 구조조정을 통해서 어떤 나태한 인력을 솎아내는 건 좋지만, 젊은이들한테 꿈이 있는 나라가 되어야 하지 않을까요? 우리 세대 때는 직업을 선택할 수 있는 권리가 있었거든 요. 지금은 선택의 폭이 별로 없잖아요. 그러니까 뭐 청년창업을 하면 지원을 해주겠다 하는데 청년창업이 쉬운가요? 인생 경험을 한 우리들도 창업은 힘들어요.

우리나라는 행복지수가 40점? 순위는 148원가 그렇게 나와요. 오천만 국민이 한국을 세계무역 7위 8위로 성장시켰다, 우리나라 대단한 민족이다, 막 이렇게 얘기를 하잖아요. 근데 반대로 보면 그 오천만 민족이 얼마나 뼈 빠지게 일했으면 다른 인구 일억, 이억 되는 나라에 비해 경제성장이 그만큼 가능했냐 이거죠. 그럼 그만큼의 노동이나 정신력을 끌어다 썼다는 거잖아요. 그렇기 때문에 사람들이 다 지쳐 쓰러지는 거죠. 그리고 그 피곤 없애려고 술 먹고, 다음 날 다시 출근하고 일하고, 그러다 사십 대 되면 팍팍 쓰러지고. 내가 너무 우리나라를 비하해서 보는 것 같지만 현실적으로 우리 주변에서 많이 볼 수 있거든요.

민경: 그렇다면 행복, 또는 웃음을 다시 찾기 위해서는 어떻게 했으면 좋겠다는 생각도 갖고 계세요?

네. 나는 교육제도의 개선이라고 믿어요. 독일이나 프랑스처럼 공업 고등학교만 나와도 먹고 살 수 있는 풍토를 딱 조성해놓으면, 대학은 학문을 하고자 하는 사람만 가면 되잖아요. 우리나라는 너무 엘리트 교육에다 성장 위주. 세계에서 일위 제품 만들어야 된다는 강박관념에 사로잡혀 있어요.

사실 청년들이 그렇게 공부를 열심히 하는 이유도 삼성이나 대한항공 같은 대기업에 들어가기 위해서잖아요. 또 그걸 잘했다 그러고. 우리는 남의 기업에 들어가는 걸 잘했다 그러잖아요. 부모들은 그런 인력을 키우고 있는 거잖아요.

민경: 하지만 어찌 되었 건 지금의 청년들은 현실에 어느 정도 맞춰 살아야 하잖아요. 그럼 인생 선배로서 현재에 살고 있는 지금의 청년들 혹은 더 어린 청소년들에게 해주고 싶은 조언 있으신가요?

경험이 중요하지 않을까.

내가 여기 연신내역에서 웃음치료 강의한다고 하니까, 사람들이 대단하다 그랬어요. 근데 내가 본 나는 대단할까요? 아니에요. 아무것도 아니에요. 본인도 저 말고 앞에 또 다른 분들 인터뷰하셨다 했잖아요. 근데 대단하다고 생각 안 하잖아요. 그분들의 마인드에서 공통점이 많을 거예요. 그 마인드를 배운 거예요. 대화하지 않았으면 못 배웠을 것 아니에요. 저하고도 얘기하면서 몇 가지는 얻어가는 게 있을 거라고요. 그런 것들이 저장된다니까요. 나중에 언제라도 지금 하고 있는 경험이 앞으로 삶을 살아가는 데 도움이 될 거예요. 경험이 중요한 것 같아요. 내가 삶 속에서 느끼는 것들은 경험해보지 않으면 뇌가 저장을 못 해요. 그렇지 않나요? 경험해보지 않은 건 절대 저장할 수 없어요.

'경험.

내가 지금까지 인터뷰를 하면서 가장 많이 들은 단어이다. 거의 매 인터뷰 때마다 각자 자신만의 방법으로 내게 경험의 중요성에 대해서 말해주었다. 인터뷰를 하기 전, 그리고 인터뷰를 하면서도 경험을 많이 해보라는 말이 그저 막연한 소리로만 들렸다.

하지만, 이제는 나도 조금씩 왜 경험이 중요한가를 깨닫고 있었다. 나 역시 경험을 통해 경험의 중요성을 알아가고 있었기 때문이다.'

민경: 제가 이렇게 말씀 들으면서 느낀 거는 과장님 즈음의 나이가 됐으면 다른 무언가를 더 하겠다는 어떤 열망? 욕구? 도전정신 같은 것들이 흐릿해져 있을 것이라는 약간의 편견을 갖고 있었어요. 기성세대에 대한 편견이라고 해야 되나? 고여 있을 거란? 근데 과장님께는 그런 느낌을 받지 않아서 그게 저한테는 또 새로운 자극인 것 같아요.

제 첫 번째 꿈이 가수였어요. 열일곱 살 열여덟 살이었나? 1977년도에 신예가수 콘테스트가 있었어요. 을지로 삼가에서 시험을 봤는데 합격통지서가 왔어요. '귀하는 금번 실시한 어쩌구 저쩌구…. 무대연습비 십만 원을 가지고 청량리역으로 나오세요.' 무대연습 끝나고 무대로 올려주겠다 하더라고요. 하…그걸 붙잡고 한참을 고민하는 거예요. 내가 이번에 십만 원 가져가면? 다음에 이 사람들이 백만 원 달랠지도 모르겠다. 근데 그땐 내가 정말 돈이 없어서 안 되겠구나 생각을 했어요. 울면서 합격통지서 찢었어요.

그랬는데 작년 12월 24일에 CD가 나왔어요.

민경: 가수가 되셨네요?!

온 김에 내가 선물로 줄게요. 어렸을 때 꿈이 가수였기 때문에 타이틀을 꿈이라고 했어요. 그 꿈이 첫 번째 꿈이었거든요.

민경: 그럼 두 번째 꿈은 무엇이었어요?

두 번째 꿈은 강사가 되는 것이었어요. 처음에 지하철 공사 들어와서 외부 강사들의 강의를 보는데, 나도 저기 무대에 서서 칠판에 쫙 써가면서 강의를 한번 했으면 좋겠다고 생각했었어요. 근데 나한테는 강사를 할 수 있는 재원이 없잖아요. 뚜렷한 학벌이 있어, 연구 논문이 있어 아무것도 없으니까. 근데 지금 대학교 강단에 가서 강의할 때도 있어요. 그럼 교수님 소리 듣잖아요. 강사님 소리 듣고. 저는 두 가지 꿈을 다 이뤘다고 얘기를 해요.

꿈을 절대 포기하지 말아요. 꿈을 향해서 가다 보면 사람은 생각한 만큼의 행동을 하게 돼요. 꿈은 결코 포기할 게 아니에요. 꿈은 이루어지더라는 거야. 대신 그 과정이 있지. 과정이 없는 꿈은 없어.

내가 웃음치료강의 시작한다 하고 하니까 아는 지인이 그러더라고요.

"나 아는 사람이 언론사에 다니는데 보도 요청 좀 해볼까?"

그래서 제가 그랬죠.

"놔둬."
"왜?"

"나 지금 요만한데 언론에 포장돼서 이만해 지면 내 스스로가 나를 정립을 못 해. 그럼 나는 붕 떠 있게 돼. 내가 차분차분 가다 보면 그 언론에 자연스럽게 보도될 거야."

지금 그게 그대로 되고 있어요. 하나하나. 지금 여기서 만 사 년쯤 되니까 이제 서서히 이쪽저쪽에서 나를 평가하고 데려가려고 하는 사람이 있더라고요. 방송에도 나갔었고, 강의 요청도 계속 들어와요. 도시철도공사5678호선 기술직 쪽에서 엊그저께 강의 요청이 왔고. 하여튼 진짜 꽤 많은. 꿈을 향해서 너무 한꺼번에 가려고 하면 안 돼요.

민경: 그럼 이제 또 어떤 꿈을 꾸고 계세요?

이제 책. 내가 살아온 이야기. 어려서부터 나는 정말 고생을 많이 했어요. 중학교 1학년 때, 2학기 등록금을 낼 수 없어서 자퇴하고 그 다음 날부터 공장에 들어갔어요. 그리고 열일곱 살 되던 해 아버지가 돌아가시면서 고아가 되었죠. 그때 아버지 장례식 치르고 화장 끝나고 돌아왔는데, 두 사람이 살던 곳에 한 사람의 체온이 빠져나가니까 방이 되게 썰렁하더라고요. 그 자리에서 열일곱 살 먹은 청년 하나는 '이제 어떡하지…?'

그런 환경 속에서 자랐지만 나는 나를 비관하거나 좌절하지 않았고 즐겁게 노래 부르며 항상 나하고 얘기하며 살았어요. 나는 나한테 기대자. 그때부터 나는 나하고 스토리텔링을 했어요. 지속적으로.

'너 절대 이렇게 됐다고 해서 나쁜 놈 되면 안 된다.'

'넌 할 수 있어.'

'잘했어.'

'너니까 괜찮아.'

'명환아 너 진짜 멋있다.'

계속 계속 나하고 스토리텔링을 했어요. 나를, 나의 끈을 결코 놓지 않았던 거예요. 좌절하고 실망하고 이런 사람들은 기회가 와도 잡을 수가 없거든요. 아무튼 이제는 내 삶의 이야기를 담은 책을 내고 싶어요.

민경: 과장님의 꿈은 점점 커가네요.

네. 그런 거 있어요. 꿈은 꿈을 먹고 산다 그러잖아요. 이런 얘기도 있잖아요. 잠을 많이 자면 꿈을 꿀 수 있지만 꿈을 이룰 순 없다. 꿈은 여러분한테 가장 힘이 될 수 있는 존재라는 것을 잊지 말아요.

내일도 나는 구리시 시립 요양원에 가요. 거기에 가면 그곳에 계신 노인들의 모습이 이다음의 내 모습이잖아요. 어떤 할아버지는 이가 다 빠졌는데 노래가 하고 싶은 거예요. 따라 하고 싶은데 안 되니까, 눈물을 흘려요. 어떤 할아버지는 정말 준수하게 생겼는데 반신불수가 온 거예요. 박수를 치고 싶은데 못 치시죠. 노래를 따라 부르는데 나를 보면서 눈물을 줄줄줄줄 흘려요. 옛날 나도 젊었을 땐 잘 즐겼었는데…

그런 모습들을 보면서 아, 정말 하루를 살아도 열심히 살아야겠구나. 이다음에 내 모습이 저렇게 될지도 모르겠지만 어쨌든 열심히 살아야겠구나. 그런 각오들이 항상 생겨요. 봉사를 하고 나면 어떤 뿌듯함도 느껴지지만 내 인생에 대해 새로운 각성을 할 수 있는 계기가 되기도 하죠.

정말 해주고 싶은 말은, 꿈을 가졌으면 꿈을 향해서 도전을 해보세요.

.

.

.

꿈에는 나이도 유통기한도 없다.

조급해지지 말자.

나는 아직 꿈을 찾는 중이다.

I love me…

나는 나를 너무 사랑해요.

신한은행 청주지점 최승선

I love me…

여름이 다가오고 있었다. 벌써 꽤 여러 사람을 인터뷰했고, 그 과정에서 나는 정말 많이 배웠다 겨우내 꽁꽁 얼어있던 땅을 뚫고 새싹이 자라 그 새싹이 어느덧 무성한 녹음을 드리우듯, 내 마음도 한층 풍성해지고 있었다. 나에게는 여전히 꿈이 없었고 과연 이 일을 마치고 내게 꿈이 생길지도 여전히 의문이었지만 더 이상 슬프지도 조급하지도 절망적이지도 않았다. 마음에 여유가 생긴 것일까? 피자헛 점장님의 말씀이 생각났다.

"현재 이 시간에 최선을 다한다면 뭐가 되든 되긴 해요."

나는 움직이는 중이었다. 나는 분명 뭐든 될 것이다.

* * *

따스한 어느 주말, 오랜만에 오빠와 단둘이 밥을 먹으며 이런저런 이야기를 나눴다. 사실 내가 인터뷰를 하러 다니는 것은 우리 가족 중엔 오빠밖에 모른다. 엄마와 아빠에게는 일부로 이야기하지 않았다. 내가 하는 일을 두 분께 말씀드렸을 때 어떤 반응을 보이실지 예상할 수 없었기 때문이다. '그거 해서 뭐할 건데?' 라는 물음이 되돌아올까 두려웠다. 목적은 나다. 나를 변화시키고 싶어서 도전했던 것이다. 하지만 만약 변화되고 있는 나, 내 도전 그 자체를 봐주시지 않는다면 나는 상처받을 것이 분명했기에 부모님께는 아주 나중에 나의 결과물이 나왔을 때 그간의 이야기를 할 참이었다.

집에서는 내 이야기를 들어줄 사람이 오빠밖에 없었기에 나는 주로 오빠에게 인터뷰에 관한 이야기를 했다.

"인터뷰 이제 총 몇 명 했다고?"
"8명."
"네가 총 33명 할 거라 그랬지?"
"그랬는데, 생각해보니까 33명은 너무 많은 것 같더라고. 그렇게 되면 각각의 인터뷰 내용도 너무 짧아질 것 같고. 나는 인터뷰 내용은 가득 싣고 싶거든. 그래서 11명으로 줄였어."
"음… 굉장히 애매한 숫자네"
"33 나누기 3 해서 11. 특별한 의미는 없어. 그냥 느낌 가는 대로? 아니면 11명씩 세 권 내서 33명 만나볼까?"
"뭐 그래도 되고. 아무튼 열심히 해봐."

내 인터뷰 과정과 현재 근황에 대해 이야기를 하던 중 갑자기 오빠가 내게 휴대폰 번호 하나를 알려주었다.

"자, 선물"

"뭐야 이거? 누구 번호야?"

"은행에서 10년 넘게 텔러 직무에서 일하던 직원이 5급 행원으로 특별승진을 했대. 그 사람 번호야"

"그게 그렇게 대단한 거야?"

"그렇지. 거의 전례가 없지. 신한은행 전 직원이 모인 업적평가 행사에서 행장이 직접 임명장을 수여했대. 그 사람의 일하는 태도가 워낙 훌륭해서 은행 내에서는 유명했나 봐."

"우와……."

처음, 내게 일단 해보라고 말해주었던 건 오빠였다. 오빠 덕에 첫 발을 뗄 수 있었지만 한편으로는 등 떠밀어놓고 나 몰라라 하고 있는 것 같아서 가끔 원망스럽기도 했다. 근데, 자기도 해놓은 말이 있어서 그런지 아예 신경 끄고 있었던 건 아니었나 보다.

그렇게 오빠 덕에 아홉 번째 인터뷰를 진행할 수 있게 되었는데 처음 번호를 넘겨받을 때는 전혀 몰랐다. 이제 만날 사람이 진짜 대박이라는 것을.

* * *

많은 사람이 취미가 직업인 사람, 자기가 좋아하는 일을 통해 돈 벌이하는 사람을 부러워한다. 하지만 역으로 자기의 일을 사랑하려고 노력하는 사람, 먹고 살기 위해 선택한 직업이었지만 그 안에서 소중한 가치를 찾아내어 나의 삶을 더욱 행복하게 만들어나가는 사람은 과연 몇이나 될까?

신한은행 청주지점의 최승선 행원은 그 누구보다 자신의 직장과 일을 사랑하며, 자신의 동료들과 고객들에게 매 순간 감동을 전하고 있다. 그녀의 열정과 노력의 대가일까. 올해로 입사 13년 차인 그녀는 지난 2012년 신한WAY상 대상의 영광과 함께 신한은행 내 유례없는 5급 정규직 전환의 기쁨을 안았다.

민경: 신한WAY상은 어떤 상이에요?

신한금융그룹의 핵심가치를 주도적으로 실천한 조직과 개인에 대해 수여하는 상이에요. 쉽게 말해서 이 사람이 걸어가는 길을 따라가라는 의미로, 롤모델이나 본보기가 될 수 있는 사람을 뽑아서 주는 상이에요.

민경: 신한은행 내에서 5급 특별승진으로 전환된 것도 놀랍지만, 신한WAY상 중에서도 대상을 수상하신 것도 정말 대단하시네요. 대체 어떤 일을 하신 거예요?

제가 해군부대에서 근무했었어요. 거기는 여직원들이 발령 나면 우는 데에요. 다른 영업점처럼 청소를 해주는 분도 없고 안내를 해주는 청원경찰도 없어요. 화장실도 이 층에 있고, 다 남자고, 직원도 둘밖에 없어요. 고속버스 타고 출퇴근을 해야 되고. 아무도 가려고 하지 않는 곳인데, 거기를 갔어요.

천암한 사건이 일어났잖아요. 근데 우리는 그렇잖아요. 뉴스에서 큰 일 나면 '소방관들이 박봉에 힘들겠구나', '해군들 힘들겠구나' 하고 말잖아요. 저도 처음 해군부대에 발령 났을 때는 배가 들어

오면 오늘 일이 되게 많겠구나 라고만 생각했어요. 그런데 어느 순간 나라를 지켜주는 사람들의 고마움이 피부에 느껴지는 거예요. 우리가 출퇴근하듯, 해군 분들이 입항과 출항을 반복하는 일이 목숨을 걸고 하는 일이라는 것을 천안함 사건이 일어나는 날, 그제야 알게 되었어요.

군대라는 곳, 삭막하잖아요. 천안함 사건으로 사람들은 주말에도 출근해야 되고 어린 수병들은 얼마나 집이 그립겠어요. 그래서 내가 만난 고객들에게 작은 위안이라도 되고자 은행에 정원을 만들었어요. 은행 ATM기에 음악을 틀어놓고, 예쁜 도트천으로 꾸며놓고 항상 좋은 글귀 바꿔주고, 화원도 만들고. 근데 어느 순간 보니까 거기에 사람들이 모여들더라고요. 신기하게. 그 작은 평수에.

민경: 언니 한 사람 덕분에 은행이 만남의 장소가 되었네요. 보통 '은행' 하면 굉장히 차가운 느낌을 받는데, 은행이 그렇게 따뜻한 곳이 될 수도 있다니. 해군 분들에게 정말 좋은 영향을 주셨겠어요.

어느 순간부터 항상 무표정이었던 고객들께서 정말 기적처럼 밝아지는 거예요. 그때의 내 하루 일과는 먼저 출근하자마자 국방일보를 보고, 일기예보 사이트에서 그 날의 파도 높이를 체크하는 걸로 시작되었어요. 그 날 내점 규모를 예상하고 미리 업무 준비를 해놓아야 혼잡함을 없앨 수 있거든요. 근데 그때는 내가 입출금 창구의 텔러였기 때문에 처리할 수 있는 업무에는 한계가 있었어요. 그래서 지금 나의 위치에서 할 수 있는 최선이 무엇일까에 대해서 고민을 많이 했죠. 우선 명함에 내 휴대폰 번호를 써넣어서 업무 외 시간이나 주말에도 상담하실 수 있도록 했어요. 또 상담하신 분들은 일단 서류 작성만 하시고 나중에 내가 군함으로 직접 관련 카드나 통장 서류들을 가져다 드렸어요. 언니는 그때 배 번호랑 함 이름, 소속 장병들까지도 다 외워서 해군 분들과 많이 가까워졌어요. 일종의 전우애라고 할까요? 그런 동지애도 싹트기 시작하더라고요.

민경: 은행직원과 고객의 만남이 일회성으로 끝나지 않고 더 깊은 어떤 감정을 느낄 수 있는 사이가 된 것이 정말 놀라워요.

수병들이 맨날 찾아왔어요. "누나 오늘은 뭣 때문에 혼났어요, 오늘은 무슨 일이 있었어요"라고 하면서 놀러 왔거든요. 담임선생님이 되었죠.

어느덧 크리스마스가 되었는데, 은행에서는 크리스마스에 트리를 만들라고 위에서 지시가 내려와요. 이왕 할 거 좀 더 특별하게 할 수 없을까 고민하다가 소망트리를 만들었어요.

민경: 소망트리요?

제가 이벤트를 되게 좋아해요. 해군들이 너무 심심해하고 또 휴가가 닫혀 있잖아요. 그래서 크리스마스 전 일주일 동안 사연을 받았어요. 하트모양 포스트잇에 사연을 받아서 그거를 다 펀치로 뚫어서 트리에 걸었어요. 그냥 크리스마스트리는 아무리 비싼 장식을 해도 그냥 크리스마스트리고, 그 사람들한테는 상대적으로 더 우울할 수 있거든요. 군대 안에 있으니까. 그래서 뭔가 즐겁고 의미 있는 크리스마스트리를 만들려고 했던 건데 사람들이 되게 좋아했던 것 같아요. 킥킥대면서 자기들하고 같이 일하는 사람들이니까 얘는 이런 소원이 있네? 얘는 이런 소원이 있네? 이러면서.

민경: 남들은 트리 만들라 하면 귀찮아 할 수도 있는데, 언니의 진심이 진짜 작은 일 하나하나에도 묻어나네요. 또 다른 에피소드는 없나요?

제가 해군 부대에 두 번의 책 기증을 했어요. 해군부대에 있을 때 제가 고객 만족 최우수직원을 수상했는데, 그러면 해외연수를 보내줘요. 해외연수를 안 가면 백만 원을 포상 포인트로 받을 수가 있어요. 근데 처음 한번 됐을 때는 나 스스로가 모든 면에서 열심히 했으니깐 마냥 좋다라는 생각을 했어요. 근데 그 상이 상반기, 하반기 이렇게 6개월에 한 번씩 주는데, 신한은행에 얼마나 많은 직원이 있어요. 각 창구별 베스트 직원을 한 명씩 선정해서 주는 큰 상이에요, 그런 의미 있는 상을 두 번째 받으니까 이 상이 박수 같은 거구나, 내가 아무리 혼자서 열심히 해도 상대적으로 고객들이 나한테 이렇게 인정해주시지 않으면 받을 수 없는 귀한 상을 내가 두 번째 받았구나 싶더라고요. 그래서 그때는 해외연수를 안 가고 포상 포인트로 책을 사서 책을 기증했어요.

제가 책을 참 좋아하거든요. 잠깐 다른 얘긴데, 이십 대 때 언니 아버지가 간경화셔서 언니가 번 돈으로 남동생과 아버지 셋이서 생활을 했거든요. 그때 친구들은 여행도 가고 할 때, 한 번도 여행을 못 갔어요. 은행 다니면서도 아르바이트를 했으니까. 근데 그때 항상 월급날 책을 다섯 권씩 샀어요. 회사에 대한 감사함과 열심히 일한 나 자신에 대한 고마움, 나 스스로가 성장하고 싶어서 나만의 책 사치를 하게 되었어요. 여행 책도 사고 인문 책도 사고. 넉넉하지 않은 가정형편이었지만 그래도 책을 통해서 여행도 하고 내 스스로도 성장시켜야지. 그리고 무엇보다도 나한테 일하는 즐거움이 있어야 하는데, 아버지가 아프시니까 돈이 늘어날 수는 없었거든요. 그래서 월급날마다 샀던 다섯 권의 책들이 책테크가 되어 지금은 책 부자가 되었어요.

아무튼 그래서 책에 대한 남다른 추억과 고객에 대한 감사함, 회사에 대한 애정으로 책을 기증하고 되었어요. 신한은행 은행코드가 88번이어서 내가 좋아하는 안철수, 한비야 국내 발행본으로 88권의 책을 주문했어요. 해군들한테 선물하려고. 왜냐하면 팔만 원 십일만 원 받고 거기 찾아오는 아이들과 정말 가족이 되었거든요. 아이들이 군대 제대할 때 울면서 누나 나중에 또 만나요, 제가 월급 타면 꼭 은행에 할게요. 또 사실 남자들은 군대 하면 좋은 기억이 많지 않거든요. 장교나 부사관들이 있는 곳보다는 수병들이 머무는 생활관 도서관을 선택하게 되었어요. 제일 열악한 곳을 찾아 그곳이 조금이나마 더 의미 있는 장소가 되었으면 싶었거든요.

책은 항상 그 자리에 있잖아요. 근데 입대랑 제대가 반복되면서 무수히 많은 청춘들이 거쳐 가잖아요. 수백 명씩, 수천 명씩 계속 드나들면서, 이 책이 낡고 너덜너덜해질수록, 단 열 명이라도 단 한 명이라도 그 아이들의 가슴을 뛰게 만들 수 있지 않을까?

그게 어떤 책 한 권이 될 수도 있고, 어떤 구절이 될 수도 있겠죠. 한 권, 한 권 선정하면서 모든 아이들이 책을 읽는 건 아니지만 우연히 집어 들었던 책이 아이들의 마인드를 바꾸면 대한민국을 이끄는 열정의 온도를 1도쯤 올리는데 기여할 수 있을 거라고 생각이 들었어요. 그래서 책 하나하나에다 이틀 밤새서 메모를 적은 다음에 기증을 했어요.

민경: 진짜 대단하시네요. 일종의 편지인 건가요?

나는 책을 사면 항상 맨 앞 페이지에 내가 어떤 날에 무엇 때문에 이 책을 샀고, 어떤 순간들을 어떻게 느끼고 있는지를 적어놔요. 그래서 지금도 어느 순간 잠이 안 오거나 생각이 많아져서 잠을 못 들고 그럴 때면 서재로 가요. 서재의 불을 딱 켜면 책들이, 십 년 동안 벌어서 샀던 그 책들이 다 있어서 책 보면서 위안을 삼고 답을 찾아 나가요. 이십 대 때 읽었던 구절이랑, 삼십 대 때 읽었던 구절이랑 마음에 와 닿는 부분이 달라요. 그래서 또 내가 발전하게 되더라고요.

민경: 어떤 성과에 대한 상이나 공을 다른 사람과 나눈다는 게 진짜 쉽지 않을 텐데요.

나는 나눠 주는 걸 좋아하는데 내가 부자도 아니고 대단한 사람도 아니어서, 나누려고 최고가 되려는 스타일이거든요. 내가 나누려면 최고가 되어야 해요. 책을 기증하고 싶어도 이왕이면 좋은 명목이 필요하잖아요. 해군들한테 갑자기 책 좀 받아주세요, 기증하고 싶네요 하는 거하고, 여러분들이 저를 이렇게 해주셔서 작은 성의 표십니다 라고 했을 때 하고 다르잖아요. 거기에 대한 나의 동기부여에요. 나도 내가 상을 받고 싶고 인정받고 싶고 보답하고 싶고 이런 것들.

첫 번째 책 기증 이후에 그런 생각을 했어요. 그래? 그럼 다음에 한 번 더 받자. 그래서 버킷리스트에 또 한 번 상을 받아서 두 번째 책 기증을 하자고 썼어요. 그런데 정말 감사하게도 상을 또 받게 된 거에요. 그래서 두 번째 책 기증은 신한은행 연수 갔을 때 제가 후배들 강의를 했었는데, 그때 만난 후배들하고 함께 책을 골라서 하게 됐어요. 후배들이 이십 대여서, 너희들이 읽었던 책 중에 감동적인 거, 또 군인들이 보고 싶은 책을 골라서 리스트를 만들었어요. 그렇게 두 번째 책 기증을 하게 됐어요.

현재 해군 제1함대에서는 그녀가 기증한 책들을 위한 책장을 따로 만들어 해군들에게 대여해주고 있다. 이렇듯 그녀는 군 장병들에게 따뜻한 마음을 전하였고, 그녀가 2년 4개월의 출장 근무를 마치고 다른 지점으로 옮겨가던 날 해군부대에서는 그녀에게 감사패를 전달하기도 하였다.

해군부대 근무 이후 그녀는 신한은행 내 전례 없는 정규직 전환과 신한WAY상 대상 수상의 영광을 안게 되었다. 그녀가 상을 타게 된 직접적인 계기는 해군 부대에서의 근무였지만, 그녀는 상을 받기 이전부터 수많은 사원 중에서도 가장 반짝반짝 빛나는 사람이었다. 매순간 최선을 다했던 그녀의 작은 행동들이 쌓여 결국 그녀에게 좋은 결과로 다가왔다.

'어떻게? 라는 생각만 계속 머릿속에 맴돌았다. 어떻게 저렇게 일할 수 있는 거지? 너무 착한 건가? 대체 이 언니 머릿속에는 어떤 생각이 들어있는 걸까?'

민경: 신한은행에서 언니 같은 사원한테는 진짜 상을 줘야 하네요. 어떻게 그렇게 일할 수 있는 거죠?

나는 딜레마가 사람들은 저보고 "너는 신한을 너무 사랑해, 너는 은행을 너무 사랑해"라고 하는데, 회사에 대한 감사함과 애사심이 작지 않지만 솔직히 가장 근간이 되는 힘은 나는 나를 너무 사랑한다는 거…

모든 출발점에 시작은 나에요. 근데 이게 이기적인 게 아니라 내가 그 사람을 대우하는 만큼 나도 대우를 받는다고 생각을 하거든요. 그래서 주인 정신이 되게 중요해요. 일방적인 희생이 아니라 고객이 원하는 은행 업무 처리만 하는 게 아니라, 내가 한 사람이라도 더 만나서 배울 수 있다는 생각을 하거든요.

나는 가치라는 단어를 정말 좋아해요. 가치가 그 단어 사전상 찾아보면, 보람과 쓸모인데, 나는 그렇게 느꼈어요. 보람은 내 가슴이 느끼는 거고, 쓸모는 다른 사람들이 판단해주는 거. 그 두 가지가 양립했을 때 되게 의미 있는 것 같아요. 그래서 나는 그냥 열정보다 가치 있는 열정에 미칠 줄 아는 나. 내 가슴을 뛰게 하는 것들. 내가 정말 하고 싶은 일. 내가 잘할 수 있는 일.

그리고 나는 사적인 일과 공적인 일의 교집합의 극대화가 중요하다고 생각해요. 나만 생각하면 너무 조직에서 이기적인 게 되는 거고, 조직에게만 희생하면 자기가 언젠간 지치거든요. 그 적정 점을 잘 찾아서 계속 즐겁게 롱런 해야 한다고 생각해요.

민경: 그럼 언니는 처음부터 은행 일이 잘 맞으셨던 건가요?

적성에 맞는 건 은행 일 중에 일부. 마음 부분, 태도면. 적극적이고 사람을 어려워하지 않고 이런 거는 맞지만, 은행 내부적인 일, 꼼꼼하게 서류정리 하는 건 적성에 아직도 안 맞는 것 같아요.

근데 언니가 이제 입사 12년 됐거든요? 한 직장에서 그만두지 않고 십 년 이상 일하다 보니 후천적으로 해나갈 수 있는 능력이 생겼어요. 원래 보통 어떤 일이든지 십 년 정도 하면 전문가가 된다고 하잖아요. 십 년이 되면서 원래 내가 가지고 있던 것들 극대화, 원래 못했던 거는 숙련이 되었죠.

민경: 입사 초반에도 지금처럼 열정이 넘쳤나요?

처음에도 열정이 넘쳐 던 것 같아요. 20대 때도 서비스리더로 일등 해서 백두산 연수 가고 그랬거든요. 지금 언니가 삼십 대 중반이잖아요. 이십 대 때는 거침없이 뭐든지 다 혈기왕성하게 했어요. 에너지는 그때도 넘쳤거든요. 근데 내가 발휘하는 열정에 대해서 그때는 절제를 한다거나 다른 사람과의 조화를 생각하거나 하는 능력은 없었던 것 같아요. 그래서 본의 아니게 적도 많았던 것 같아요. 그래서 그때는 아픔이 되게 많았었어요. 그래도 사람을 만나는 일을 너무 좋아하고 서비스는 다 마음이 기본이기 때문에 거기서 답을 찾은 것 같아요.

민경: 보통 고객들이 오면 어떤 식으로 응대하세요?

업무 하면서 짧은 시간이긴 한데 나는 마음을 열고 소통을 많이 하려는 편이에요. 예를 들어서 환전하러 고객이 왔어요. 고객이 왜 환전을 하러 왔을까요? 여행을 하고 왔거나 여행을 하러 가는 사람이잖아요. 어디로 떠나는 사람들. 얼마나 설레요? 그럼 물어봐요 "어디 여행가세요?" 이 사람은 나한테 달러를 바꾸러 왔으면 그냥 달러를 주면 돼요. 근데 그 이상의 스토리를, 둘만의 스토리를 풀어가니까 일이 지치지 않고 즐거운 거예요. 사람들의 스토리. 나한텐 이 사람들의 스토리가 되게 중요해요.

카드 결제 하나를 하러 오더라도 스토리가 있는 거예요. 예를 들어서 오자마자 번호표부터 던지는 고객이 있어요. '아 이분은 연체 고객이구나.' 딱 보여요. 그러면 마음을 어루만져줘야 해요. "카드 대금이 왜 이렇게 빨리 돌아오는지 모르겠어요. 그렇죠?", "이거 마련하시느라 힘드셨겠어요." 정말 이 사람한테 필요한 말. 그게 나의 비결이었던 것 같아요.

다 친구에요 친구. 그냥 해달라는 일만 하면 스트레스인데, 그 사람들하고 호흡하면 재미있어요. 그 사람들하고 인간적인 사이가 되면 귀찮지 않거든요.

민경: 창구에 앉아 있으면 정말 많은 사람들을 만나시잖아요. 진상 고객도 많지 않나요?

지혜롭게 응대해요. 지혜롭게. 정해져 있는 정답은 없지만 제가 줄 수 있는 답은, 모든 사람한테는 배울 수 있는 점이 있다는 거예요. '나는 저렇게 하지 말아야지' 하는 것조차 배울 수 있거든요. 내가 저 사람을 바꿀 수 없잖아요. 나는 저러지 말아야지 하고 마음을 쌓았던 것 같아요.

민경: 언니는 그럼 은행 다니면서 힘든 일은 없으셨어요?

힘든 일이 뭐가 있을까… 은행 다니면서 좋은 일이 많아서. 내 별명이 절대 긍정이어서 힘든 일도 있었는데 그냥 그렇게 있을 수 있는 것 같아요. 은행이 나를 힘들게 한 것이 있다면 그런 것 같아요. 나는 감성이 충만한 사람인데, 은행은 경중선후를 정해서 이성적으로 일해야 하는 곳이어서 그것 때문에 조금 적응하는 기간이 필요했던 것 같아요. 여기는 먼저 해야 되는 일, 꼭 해야 되는 일이 있는데 나는 성격상 내가 생각나서 하고 싶은 일을 하던 사람이거든요. 그것 만 힘들었던 것 같아요. 지금도 마찬가지고요.

민경: 직장인들은 되게 찌들어 사는 것 같다는 그런 고정관념이 있었는데 언니를 만나고 보니 제가 너무 잘못 생각했던 것 같아요,

찌들면 안 돼요. 친구들이 제 SNS를 보더니, "얘 너를 보면 우리 은행이 너무 행복한 것 같잖아" 막 이러는데 다 똑같아요. 힘들고 지칠 때도 있지만 안 그러려고 노력하고, 더 즐겁기 위해 답을 찾는 것 같아요.

나는 어렸을 때부터 그런 게 있었어요. 첫 월급 타면 시장의 할머니들 중에 한 할머니만 딱 골라서 다 팔아주기. 그리고 내가 산 것들은 이웃한테 나눠주기. 잠언 시집에 보면 의도나 계산되지 않은 선행을 했을 때 내 마음이 진정 행복을 느낄 수 있다고 나와요. 그게 맨날 할 수 있는 행동은 아닌데, 그런 일을 하다 보면 우연히 행복해지는 일들을 내가 만나더라고요. 유난히 힘들수록 좋은 일도 많이 하는 것 같아요. 근데 과학적으로도 그게 증명이 되었대요. 계산되고 의도된 무언가를 하면 그게 스트레스로 다가온대요.

또 내가 되게 좋아하는 말이 있는데, '서운함은 주지 않은 그 사람보다 기대했던 나에게서 오는 마음' 이래요. 그 말이 맞는 것 같아요. 또 법구경에는 이런 말도 있어요.

"꽃이 너더러 자신이 아름답다 가르치더냐? 보고 느끼는 것은 네 속의 마음이니라."

난 그 말 너무 좋아.

민경: 언니의 긍정적 에너지가 결국 좋은 결과로 이어졌는데, 큰 상을 타다 보면 그에 따른 부담감이나 책임감도 좀 있으시겠어요.

나는 나를 사랑해서 스트레스 잘 안 받는데… 거창하게 회사가 인정해주고 보상해줬으니까 열심히 하자 이런 거보다는 그냥 첫 마음을 잃지 않고 한결같이 하던 대로 즐기자. 최선을 다해 동료들과 함께하자. 그렇게 노력하는 편이에요. 나는 힘들면 힘들다고 말 할 것 같아요. 그래서 그런 부담은 별로 안 받고 그냥 그 자리를 즐기려고 하죠. 근데 책임감이 없진 않죠. 어느 순간 무겁게 느껴지기도 하고. 이제는 내가 아무리 의식을 안 하려고 해도 바라보는 눈들이 있으니까 은행업무도 더 똑바로 해야 되고. 그런 거를 의식을 안 할 수가 없게 되긴 했어요. 요즘에는 신한WAY 대상 수상할 때 받았던 반지하고 목걸이를 꼭 하고 다녀요.

민경: 아, 목걸이가 신한 마크네요?

근데 주변 직원들이 볼 때마다, "주임님은 참 특이해요. 사람들은 받으면 그냥 안 하는데 그걸 어떻게 하고 다닐 생각을 해요?"라고 하더라고요. 왜냐면 사람들은 남들이 자랑한다고 생각할까 봐 부담스러워서 잘 못 하고 다니거든요. 근데 그런 시선이 중요한 게 아니에요. 나는 이거를 항상 아침에 꺼내고 저녁땐 다시 넣으면서 잘못했던 마음, 초심하고 멀어졌던 마음을 다잡고 있어요. 비우고 채우는 것도 되게 중요하죠.

민경: 언니는 정말 긍정의 에너지가 넘치네요. 언니를 보고 주변 사람들도 정말 많이 자극받을 것 같아요,

제일 정말 중요한 건 내 자리에 소중함과 귀함을 알고 직업을 일이 아닌 업으로 받아들이려는 태도라고 생각해요. 어떤 직업이든, 직무든 현실을 직시하고 내가 지금 최선을 다하고 있는지를 살펴보는 게 중요하지 않을까요? 작은 일을 잘하는 사람이 큰 일 또한 잘할 수 있다고 믿고요.

텔러 직무에 있던 후배들에게 강의할 때 말했던 게 생각이 나네요. 가치를 알아볼 수 있는 분별력과 강인함을 가지라고 울먹이며 말했거든요. 나는 주도적이고 강인한 삶을 살아가면 어떨까라는 생각을 조심히 전했어요. 좋은 가정환경을 가진 부모를 만나서 편하게 사는 사람도 많지만, 현실을 직시해서 거기서부터 스타트맵을 만드는 거예요. 내 자리에서 당당하기, 내 자리에서 될 수 있는 최고에 집중하기. 거기서 생각할 수 있는 출발점.

"신한은행 최고의 텔러가 되세요. 그리고 우리나라에 존재하는 금융기관 중 최고의 텔러가 되세요."

꿈을, 직무가 다른 행원들하고 비교하지 말고, 그래서 좌절하고 낮아지지 말고, 작아지지 말고. 조건을 알고 입사했으니까. 이직하거나 그만둘게 아니라면. 자기가 별로 안 중요하고 안 소중하다고 하는 자리에서, 거기서 또 동기들보다 처지면 더 아무것도 아닌 계약직으로. 그러다가 누가 잘 되면 쟤 잘해봐야 계약직인데 뭘. 이렇게 선을 긋지 말고. 설사 아무리 남들이 생각할 때 대단한 직업이 아니더라도, 그 자리에서 자기 자리의 귀함을 알고, 그 자리에서 혼을 다해서 가는 사람들이 다른 사람한테 감동을 주는 것 같아요. 그 감동이 '진짜 대단해!' 이런 감동은 아닐지라도 되게 빛나는 사람이 있어요.

제가 그 일(텔러 직무)을 십 년 넘게 했었기에 어떤 부분이 어렵고 속상한지 알기에 더 솔직하게 마음을 전할 수 있는 것 같아요. 지금은 제가 너무 사랑했던 텔러라는 직무에서 행원으로 바뀌어 저도 새로운 시작을 하고 있어 어려움이 적지 않지만 혼을 다해서 최선을 다할 거예요.

사실 직업은 일부일 뿐이에요. 그 사람의 마인드나 태도는 어디서든, 식사하러 가서도 나타날 수 있고 일하는 중간에도 나타날 수 있거든요. 너무 일 속에 자기를 가두는 것 같아요. 세상에 얼마나 즐거운 일이 많은데. 내가 잘할 수 있는 것들도 얼마나 많은데. 그 균형점을 찾아가면서 생계유지를 위한 일도 할 수 있었으면 좋겠어요. 정말 운이 좋아서 내가 좋아하는 일을 해서 그 속에서 탑이 되려 노력할 수도 있고요. 이런 것들을 크게 볼 수 있는 힘. 그게 정말 중요하거든요. 근데 사람들은 너무 일에 찌들어서 일이 '다'인 것처럼… 근데 '다'라고 생각하면서도 거기에 매진하지도 않고 박봉이라 힘들고 야근에 힘들고 상사 때문에 힘들고 진상손님 때문에 힘들고…. 그렇게 일 속에 자신을 가두지 않았으면 좋겠어요. 저도 노력하고 있는 한 사람이고요.

내가 제일 좋아하는 말이 있어요. "운이란 준비와 기회가 만나는 순간이다." 사람들이 지치는 이유가 자기가 꿈꾸는 어떤 것이 있는데, 계획대로 실행한다고 해서 다 이루어지지 않기 때문이라고 생각하거든요. 그걸 얼마나 지치지 않고 조절하면서 끝까지 가느냐가 중요한 것 같아요.

민경: 저는 직업 선택에 대한 고민을 정말 많이 했어요. 근데 언니를 만나 뵈니 분야는 크게 상관이 없는 것 같아요.

분야는 상관이 없고 내가 되게 싫지 않으면 돼요. 나는 그렇게 생각해요. 내가 제일 좋아하는 걸 하면 좋은데 현실은 그게 아니니까. 나는 현실적으로 얘기를 해주면 내가 정말 아닌 것만 피한다면 어디에 갖다 놔도 마인드가 되는 사람들은 잘 될 거예요. 직업은 정말 많고, 한 회사 안에서도 부서가 참 많기 때문에.

민경: 이왕이면 좋아하는 일을 좋긴 하겠지만요.

언니는 원래 작가가 꿈이었어요. 근데 대학은 회계학과를 나왔어요. 또 집이 어려워서 작가할 생각은 못 했죠. 근데 학교에서 국문과를 부전공했어요. 언젠가는 내가 글을 쓰겠지 생각해서요. 하지만 은행에 왔잖아요. 글 쓰는 거랑 전혀 상관이 없잖아요. 그런데 정작 내가 빛을 본 거는 기획력과 창의력이었어요. 창구 직원이지만 내가 계속 관심이 있으니까 그쪽으로 눈이 갔나 봐요. 그러다 보니까 내가 입사할 때는 생각지도 못했던 그룹기자단을 하고 있어요. 물론 은행 안에서 이년의 임기 동안 하는 일이긴 하지만 괜찮은 것 같아요. 그리고 아까도 말했다시피 내 단점이 이성적이지 못해서 그러한 특성이 필요한 일에는 인정을 못 받았는데, 나랑 적성에 안 맞는 은행에 있으면서 후천적으로 그게 보완이 돼서 더 나은 내가 됐던 것 같아요.

민경: 앞으로도 계속 신한은행에서 일할 생각이세요?

회사에서 운동화를 한 켤레 선물 받은 것 같아요. 왼쪽 발에는 신한 WAY상, 오른쪽 발에는 5급 행원 특별승진. 지금까지 잘했으니 받는 상이라기보다 앞으로 그 신발을 신고 더 힘차게 앞으로 나아가라는.

계속 신입 직원들이 들어오잖아요. 나는 내가 십 년 만에 느꼈던 이런 어떤 가슴 뛰는 일이 있다는 것을 알려줄 수 있는 사람, 내가 힘들었던 기간이 있지만 그 시기를 아이들이 짧게 겪을 수 있도록 후배들에게 본보기가 될 수 있는 사람이 되고 싶어요. '누가 그랬대요~'가 아니라 '여러분 제가 해보니까 그래요'라고 가슴으로 말해 줄 수 있는 선배 같은 사람. 영업전문가들이 말하듯이, 강사들이 말하듯이 여러분 친절하셔야 되요, 미소를 지으세요, 이런 게 아니라 자기가 했던 경험을 스토리로 풀어서 공감을 이끌어 낼 수 있는 사람. 또 그게 은행을 위해서라기보다 내가 사랑하는 내 일을 해내는 것이라는 거를 말해 주고 싶어요. 특히 후배들에게 월급이나 직무 때문에 속상해 하지 말고 더 큰 걸 보라, 시켜서 하는 일이 수동적이고 지겹다면 네가 먼저 맵을 크게 그려서 전체를 보고 움직이는 힘을 가져라. 인생에 있어서 내가 주도적으로 끌어가는 힘이 되게 중요하거든요.

나에 의한, 나를 위한.

내 모토예요. "주임님 스트레스 많이 받겠어요"라는 말을 많이 듣는데, 아니에요. 난 내가 행복하려고 하는 거예요. 내가 그 사람한테만 일방적으로 맞춰주거나 회사에 희생하거나 그러면 분명히 한계가 있어요. 이 사람이 무엇을 했다가 중요한 게 아니라, 이 사람은 왜 그렇게 됐을까, 그 사람의 스토리에 집중하면 본인이 원하는 답을 찾을 수 있어요. 그 원천이 뭐지? 저 사람의 에너지의 원천이 뭐지? 다른 사람은 이렇게 하는데, 어떻게 저 사람은 지치지 않고 할 수 있을까? 근데 그런 사람들을 보면 자기를 사랑해요. 남들이 볼 때는 '아, 쟤가 저렇게 열심히 하니까 우리가 피곤해져'라고 생각할 수도 있는데, 모든 건 나에게서 비롯되는 거거든요. 내가 소중하니까 그 사람도 소중한 거고.

아무튼 세상에 재미있는 일이 너무 많아요. 세상이 딱 직접적으로 던져주는 건 아니지만 무수히 많이 깔려있는 것 중에 내가 찾아야 되는데 많은 사람들이 그걸 못 찾고 지치는 것 같단 생각이 들어요. 나도 그렇긴 하지만 그거를 능동적으로 찾아가는 게 되게 중요한 것 같아요. 나에 대한 애정이 있고 세상에 대한 애정이 있고. 여기 있는 사람들도 무관하지 않거든요.

.

.

.

스무 살, 내가 불행했던 이유는 꿈이 없어서만이 아니었다.
나는, 그때의 나를 사랑하지 않았던 것이었다.

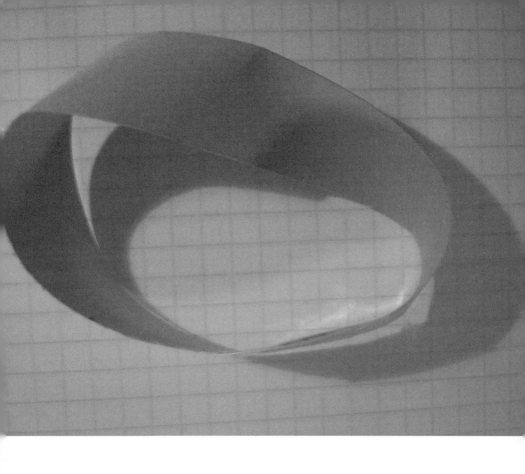

뫼비우스의 띠

여러분들의 인생 정책은 세워 놓으셨습니까?

울산 월봉사 주지 오심스님

뫼비우스의 띠

피자헛 점장님은 내가 움직일 수 있는 계기가 되어주셨고, 고미 사장님은 내게 성실함을 가르쳐주셨다. 백승기 감독님을 만나 세상을 보는 눈을 키웠고, 홍동희 원장님을 만나 발로 뛰는 법을 배웠다. 이모님 덕분에 생전 처음 엄마의 꿈에 대해 생각해보았고 크래커 편집장님 덕분에 잠시 멈추어 나를 돌아볼 수 있었다. 소방관님을 만나 인연의 소중함을 알게 되었고 이명환 과장님을 만나 하루빨리 꿈을 찾아야 한다는 내 조급한 마음에 여유를 가지게 되었다. 그리고 신한은행 언니를 통해 진정 나를 사랑하는 법을 알게 되었다.

일 년도 안 되는 시간 동안 나는 많이 달라져 있었다. 아홉 명의 만남으로 내가 이렇게 변화될 수 있었는데 그전에는 왜 아무것도 하

지 못했던 것인지 스스로가 이상하게 느껴졌다. 예전엔 함께 미래를
걱정하던 친구들에게 이제는 그들의 이야기를 들어주고 내 나름대
로 조언을 해주는 여유까지 갖추었다. 아직 목표했던 열한 명을 다
만나지 않았음에도 나는 배울 건 다 배운 것 같단 착각을 하기도 했
다. 앞으로 더 만나야 할 두 사람이 누가 되었든지 간에 이제는 배우
는 자세보다는 함께 대화를 나눌 수 있는 사람으로 다가갈 수도 있
을 것 같았다.

그렇다. 나는 자신감으로 충만해져 있었다. 뭐든지 하면 될 것 같
았다. 약간의 실패는 나를 더 빛내주는 장식품 정도로 여겨졌다. 그
러나 그 자신감이 도를 넘어 어느덧 자만심으로 향해가고 있다는 것
을 그때는 미처 알지 못했다.

*　*　*

남은 두 명의 인터뷰를 누구를 할까 고민하던 내게 불현듯 한 스
님이 떠올랐다.

내가 대학교 2학년 2학기를 다니고 있을 때였다. 정책학 개론이
라는 수업을 듣게 되었는데 그 수업 시간에 한 스님을 보게 되었다.
교실 뒤쪽에 앉아계셨음에도 수업에 경청하시는 그 풍채 좋은 스님
의 모습은 상당히 눈에 띄었다.

한 학기가 흐르고 그 수업이 종강하는 날, 스님께서는 교실 앞으
로 나와 학생들에게 자신의 소개와 함께 좋은 말씀 몇 마디를 해주
셨다. 나는 그때, 학생들을 위해 해주신 말씀보다 스님의 소개가 더
인상적이었다. 스님께서는 현재 울산 월봉사의 주지로 계시며 대학

을 여섯 개나 다니셨다. 마흔이 넘은 나이에도 여전히 다양한 공부를 하고 계셨으며 여행 다녀온 나라도 오십 개국이나 되었다. 스님의 이야기는 나의 호기심을 자극했고 스님을 다시 한 번 만나 뵙고 싶다는 마음이 가슴 한켠에 자리했다.

그로부터 몇 개월 후, 나는 다시 그 스님을 생각하기 시작했다.

'스님을 만나볼까? 만나보고 싶긴 한데, 과연 스님은 내 책의 주제와 맞을까? 종교인은 좀 특별한 사람들이니 지금까지 인터뷰했던 분들과 어울리지 않으려나?'

스님의 연락처를 구해놓고도 한참을 망설였다. 작년에 들었던 정책학개론 수업의 교수님을 찾아가 사정사정해서 겨우 연락처를 구했는데 막상 내 눈앞에 놓고 보니 온갖 생각이 떠올랐다.

나를 위해서는 스님을 만나보는 편이 좋았다. 어떤 사람을 만나든 그 만남 자체만으로도 내게는 또 하나의 경험이 될 것은 분명했기 때문이다. 하지만 책의 전체적인 주제와는 조금 안 맞을 수도 있을 것 같았다. 나는 '평범함 속에 특별함을 찾은 사람들'을 만나보고자 했던 것인데, 스님을 과연 평범한 사람이라고 할 수 있을지 스스로도 답을 내리지 못하고 있었다.

고민하고, 고민하고 또 고민했다. 예전에 한번 인터뷰를 하고도 내가 생각했던 사람이 아니었기에 글로 담아내지 못했던 분이 있어서 또 그와 비슷한 상황이 생길까 걱정이 많이 되었다.

결국 고민을 거듭하던 끝에 내가 내린 결론은 다음과 같았다.

"스님도 사람이다."

종교인이기에 특별하다고 생각하지 말자. 그냥 '다른' 사람일 뿐이다.

내 자신감이 도를 넘는 순간이었다.

* * *

오심 스님은 2004년 이후 현재까지 울산 동구 월봉사의 주지 스님으로 있으며 울산광역시립 노인요양원장, 울산 해양경찰서 경승, 조계종 총무원포교국장을 역임하고 있다. 또한 신도들과 함께 월봉 샤프니스라는 야구단을 통해 함께 야구 경기를 즐기기도 하며 다양한 어린이 법회나 불교방송 등을 진행하시는 등 대중들에게 불교가 친밀하게 다가갈 수 있도록 노력하고 있다.

민경: 언제부터 스님이 되신 거예요?

나는 좀 특이한 경운데, 일반 스님들은 보통 고등학교를 졸업하고 나서 출가한다 그러거든요. 보통 이십 대 후반부터 삼십 대 초반에서 후반에 출가를 하는데, 나 같은 경우는 다섯 살 때 들어왔어요.

민경: 어린 동자승이셨네요.

그렇죠. 예전에 대만에 갔을 때 어떤 여자 분이 이런 글을 써주더라고요.

"숙명적 인연이다."

그 말도 맞다. 숙명이란 것은 타고난 거고 운명이라는 것은 만드는 거다 이런 말이 있잖아요. 묘한 인연이 있었어요. 우리 은사 스님의 은사 스님. 그러니까 스승님의 스승님이 돌아가시면서 다시 오겠다 그러셨대요.

그리고 돌아가시고 나서 오 년 있다가 내가 왔대요. 현대 트랜드는 환생을 별로 안 믿는데 절에서는 환생을 믿어요. 그렇게 다섯 살 때 양산에 있는 통도사에서 살면서 스님이 학교를 보내줘서 학교를 다니고, 열세 살 때 계를 받아 스님이 되었죠.

민경: 그렇게 어린 나이에도 스님이 될 수 있어요?

그때는 될 수 있었어요. 지금은 현재 그 법에 따르면 출가해서 일 년 동안 행자생활을 해야 되요. 군대로 치면 훈련병이죠. 사 년 동안 기본 교육을 받아야 되요. 강원이나 중앙승가대학이나 동국대학에서 기본 교육을 받아야지 비구계라고 줘요. 나는 열세 살 때 계를 받고 스무 살 때 비구계를 받았죠.

민경: 어린 나이부터 절에서 생활하시기가 녹록하지 않으셨겠어요.

옛날에 '그것은 목탁 구멍 속에 작은 구멍이었다'라는 연극을 본 적이 있었어요. 동승이 절에서 생활하는 이야기인데 동승이 어머니를 그리워해요. 그런데 어느 날 제를 지내러 온 어떤 아주머니가 굉장히 예쁜 거예요. 그래서 엄마, 엄마 하면서 잘 따랐는데 스님하고 아주머니하고 얘기가 잘 돼서 동승이 아주머니를 따라 서울로 올라가기로 했어요. 근데 이 동승이 아주머니한테 목도리 만들어 주려고 토끼를 잡아요. 그래가지고 법당 뒤에 숨겨 놓은 거예요. 근데 떠나기로 한 그 전날 주지 스님한테 들켜버려요. 주지 스님이 절에서 살생을 했다고 막 뭐라 하는 거예요. 그래서 이제 서울로 못 가게 되면서 엄마에 대한 그리움이 나타나는데, 그런 경험을 나도 비슷하게 한 것 같아요. 비슷한 그리움이 있어가지고 보면서 많이 울었어요.

또 오세암이라는 영화도, 내가 그 영화를 보면서 막 펑펑 울었던 그런 기억이 나네요.

민경: 오세암이라면 그 다섯 살에 부처가 되었다는…

네. 영화 보면서 그런 적이 있는데. 사람에게는 누구나 외로움이나 힘듦이 있어요. 나 같은 경우도 절에 오면 어른들 세계인데 학교에 가면 애들의 세계니까.

민경: 학교 친구들은 스님인 줄 알았어요?

스님인 줄 알았죠. 그러니까 잘 안 끼워주는 거예요. 애들하고는 수준이 안 맞고, 절에 오면 또 어른들하고 수준이 안 맞고.

민경: 그럼 한 번도 흔들리신 적은 없으세요…? 청소년기셨잖아요. 중간에 나오고 싶은 생각은 없으셨는지…

한번은 그런 일이 있었어요. 내가 살았던 곳이 통도사 뒤쪽 편에 있는 보광전이라고 하는 선방이었어요. 선방은 참선할 수 있는 선원이에요. 그때는 이제 총림이 아니었어요. 총림이 뭐냐면 경륜을 공부할 수 있는 강원, 계율을 배울 수 있는 율원, 그리고 선원까지 세 대가 다 있는 곳이에요. 많은 스님들이 살아야 되서 규모가 커야 되요. 거기 들어가서 있는데 어느 날은 어떤 보살님이 돈 사천 원이 없어졌다는 거예요.

민경: 보살님께서요?

네. 나이 많은 보살님들이 주로 계셨어요. 그때는 돈이 좀 있는 보살님들이 오셔가지고, 또 하나의 실버타운 비스무리한 그런 곳이 된 거였죠. 근데 이제 돈이 없어졌다 그래가지고 내가 온몸에 멍들도록 뚜드려 맞았어요. 거기 책임 맡았던 스님한테.

민경: 억울하게 맞으신 거죠?

그렇죠. 그래서 그때는 내가 한 걸로 하고 놓아줬어요. 근데 나중에 보니까 여자분들 속고쟁이 있잖아요, 그 속고쟁이 안에 호주머니에 돈을 넣어 놓고 둘둘 말아가지고 세숫대야에 던져 놓은 거였더라고요.

실컷 두드려 맞고 나중에 미안한지 천 원을 주더라고요. 요새 돈으로 치면 천원이 한 만 원 정도 돼요. 실컷 두드려 맞고 만 원 얻은 셈이죠. 그때 하도 속이 상해서 죽어버리려고 했죠. 통닭 한 마리 사고, 어릴 때 되게 통닭이 먹고 싶었어요. 또 텔레비전에서 본 건 있어가지고 어른들이 괴로우면 술을 먹길래 포도주를 한 병 사고.

민경: 그때 몇 살이셨다고요?

그때가 국민학교 육 학년 때. 술 사고 돗자리 하나 사고, 칼 들고 책도 하나 들고 절 뒤에 돌산에 올라갔어요. 거기 올라가가지고 죽어 버리려고. 전날 저녁에 사가지고 와서 다 식은 통닭을 아침에 한 마리 뜯어 먹는데, 뜯어 먹다 보니까 칼이 뚝 빠져버리더라고요. 그 칼이 아직도 그 바위 사이에 있을 거예요. 뜯어 먹고 나서 이제 돗자리 깔려고 보니까 깔 데가 없더라고요. 그래서 돗자리는 버리고. 술도 한 모금 먹으니까 쓰더라고요. 그래서 안 먹고. 이제 알딸딸해가지고 있는데, 저기 길이 보이는 거예요. 거기에 자장암이라고 통도사에서 제일 먼저 지은 암자가 있는데, 그 암자에서 아는 형님이 걸어 내려가더라고요.

"형아야~!" 이랬더니 "거기서 모하노?!" 그러기에 "죽을라구~!", "임마 학교 가자~!", "알았다~!"

그러고 내려온 거예요. 허허허허. 내려 와가지고 둘이서 막 숙제 해서 학교를 갔던 기억이 나네요.

또 국민학교 때 기억나는 거는, 마을에 친구들 집에 놀러 가면 엄마 아빠 소리를 듣잖아요. 그 소리가 외계인들이 얘기하는 그런 소리 같이 들리는 거 있잖아요. 전혀 다른 소리.

민경: 익숙하지 않으셨던 거죠?

아, 저런 분이 엄마고, 저런 분이 아빠구나. 국민학교 한 삼사 학년 때는 절에 우리 친구들 엄마 아빠 또래 분들이 놀러 오면, 저분이 내 엄마 아닌가, 저분 내 아빠 아닌가 그런 상상도 했어요.

아까 흔들림이 없었느냐 이런 질문을 했는데, 그때는 희한하게 나가고 싶단 생각은 안 들었어요. 외롭더라도. 근데 많이들 중간에 나갔죠. 절에 열네 명이 있었는데 열 명이 나가고 지금 네 명이 남았어요. 우리 동자승 출신들이.

민경: 열 명은 못하겠다고 나간 거죠?

그렇죠. 중간에 다 나가고 없는데, 보면 뭐 절 밑에서 식당 하는 사람도 있고 서울로 도망간 사람도 있죠. 나도 한번은 그때 나하고 같이 있던 한 사람하고 도망가자 한 적이 있었어요. 가방에 오십 원 짜리 하나밖에 없었는데 둘이 그걸 가지고 나갔어요. 쫄래쫄래 나가 다 보니 영축산문이라 해가지고 제일 입구에 큰 문이 있어요. 총림 을 뜻하는 문이 있는데, 거기까지 한 이키로 돼요. 이키로 되는 길을 밤에 걸어 내려갔는데, 다 내려가니까 차가 하나 붕 오더라고요. 차 가 딱 오더니 어디 가냐 그러더라고요. 그랬는데 둘이서 갑자기 "통 도사요" 그래 버린 거예요.

민경: 아무 생각 없이 통도사라는 말이 입에서 나온 거예요?

네. 타고 붕 올라와가지고 입구에 딱 내려주는 거예요. 그리고 가 버리더라고. 희한하게. "야 우리 왜 왔냐?", "글쎄" 이러다 "들어가 자" 이래가지고 들어가서 잤어요. 그게 처음이자 마지막 가출.
그렇게 처음이자 마지막 가출을 했고, 희한하게 흔들린 적은 없었 어요.

민경: 어떤 운명인가요?

운명? 모르겠어요. 지금 이 나이 되서 되돌아보면 그게 이제 뭐 팔자 인 것 같기도 하고, 숙명 같아요. 숙명.

민경: 이미 정해져 버린?

그런 느낌도 들고.

민경: 대학을 여섯 개나 다니셨다고 들었어요.

그러니까 이제 대학자 붙은 게, 사회복지학, 유아교육학, 장래 문화학, 선학, 행정학, 또 이제 승가대학에서 한 강원. 그렇게 여섯 개 있죠.

민경: 공부가 즐거우세요?

내가 공부를 참 싫어하거든요. 싫어하는데 기회가 그렇게 되더라고요. 저 같은 경우도 박사를 동대 경주에 선학과를 한번 떨어지고, 서울에서 또 선학과를 떨어지고, 인도철학과 교수님이 오라 그랬는데 또 떨어졌거든요. 불교 공부를 하는 것은 '이판'이라 그래요. 내전이라 그러기도 하고. 밖에서 막 뛰어다니고 사무 보고 행정 보고 이런 것은 '사판'이라 그래요. 나는 이판 쪽으로는 안 되는데 사판 쪽은 되더라고요. 동대보다 더 어려운 한양대 행정학과는 되었거든요. 그런 거 보면 또 묘하다는 생각이 들어요. 그게 이제 불교에서 말하는 업인가 싶은 생각도 들고.

민경: 그 과를 선택하실 때 선택하시는 이유가 있으시지 않나요? 행정학과는 왜 선택하신 거예요?

행정은 내가 지금 주지를 하고 있고 또 스님 국회의원 격인 중앙종회위원 일을 하고 있어요. 우리가 움직이는 모든 것들이 다 행정이잖아요. 그리고 또 내가 직접적으로 하고 있는 거니까 도움이 될 수 있으니까요. 절에서 다 불교 공부만 하고, 다 선학만 공부하면 사무나 이런 거는 누가 봐요. 그런 것도 배워 놓으면 좋지 않을까 싶어서 하는 거죠.

민경: 배워놓으면 좋지 않을까 싶어서 하는 거랑 좋아서 하는 거랑 약간 차이가 있지 않을까요?

그런데 이제 배워놔서 좋다는 것도 내가 좋으니까 하는 거죠. 평양감사도 자기가 싫으면 안 한다는 말이 있듯이. 그러니까 일단은 그게 나한테 좀 맞는 것 같아요. 즐기는 사람 못 따라간다 하듯이 나는 지금 즐긴다고 보죠.

　그리고 이제 절에서 살다 보니까 어릴 때 외롭고 힘든 시간을 견디기 힘들어서 나간 사람도 열 명 보았고, 지금도 많은 사람들이 나가고 들어오고 하거든요. 두발 달린 짐승인데 어디든 못 가겠어요. 근데 불교는 다른 종교와는 다르게 내가 깨우치면 내가 성불할 수 있다는 것이 바로 불교의 가르침이에요. 모든 중생에게는 부처가 될 수 있는 씨앗이 있다, 그래서 나도 깨우치면 부처가 될 수 있다는 부분이 바로 다른 종교와 가장 다른 점이에요. 그러니까 이제 나 자신을 깨우치기 위해서 수행하는 것이 불교이기 때문에 불교를 자력의 종교라 그러거든요. 물론 타력도 있죠. 우리가 절에 가서 불공을 드린다든지, 우리 아들딸 좋은 학교 합격해 달라든지 하는 것들이 이제 타력. 그렇지만 불교는 뭐든지 인간이 중심이에요. 쉽게 말해서 지금 민경씨도 본인이 좋으니까 이거(인터뷰) 하는 거지 본인이 싫으면 이거 하겠어요? 내가 하고 싶다는 생각이 들었기 때문에 하는 거잖아요. 누가 시켜서 하면 하겠어요? 못할 거 아니에요.
　불교는 인간학, 인생학이라 했듯이, 인생을 배우는, 인간을 연구하는 그런 공부에요. 우리 삶의 모습을 탐구해보고 느껴보고 하는 것이 불교에서는 화두. 화두가 뭐냐면 말의 머리. 쉽게 말해서 문제에요. 퀘스천. 내가 퀘스천을 하나 줄게요. 나는 누구인가? 영어로 하면 후 엠 아이.

민경 씨는 누구에요?

민경: 저요? 음⋯⋯.저는 어⋯⋯.

어디서 왔어요?

민경: 저는 엄마 뱃속에서 왔어요.

엄마 뱃속에서 왔다. 말 잘했어요. 그게 이제 부모미생전(父母 未生前)이라 하거든요. 부모한테 오기 전에 당신은 누구였나. 나는 누구였길래 이 세상에 태어났고 또 여자로 태어났고, 미국이나 홍콩이나 파리에 살지 않고 한국에 살고 있고, 또 이렇게 살고 있을까. 나는 누구인가? 이 공부를 한번 하고 가는 것도 재미있지 않겠어요? 불교 공부해보면 이 삶이 참 재미있어요. 멋있게 살 수 있고 재미있게 살 수 있는 공부가 불교 공부예요.

'당황스러웠다. 갑작스러운 스님의 질문에 말문이 턱 막혔다. 그리고 이때부터 인터뷰가 역전되기 시작했다.'

민경: 요즘에 힐링이 대세잖아요. 저희 엄마도 마음이 안 좋을 때 절에 가서 법문하시는 거 듣고 오면 가슴에 와 닿을 때가 많으시다고 절에 꾸준히 다니세요. 남들한테 힐링을 주시잖아요. 본인의 힐링은 어떻게 하세요?

절에 사는 자체가 바로 힐링이에요. 요새 뭐 힐링, 웰빙, 슬로우푸드 하는데 다 불교에서 나온 말이에요. 불교에서 하고 있는 것을 영어로 이름만 갖다 붙인 거예요. 사회복지도 불교에서는 하고 있었어요. 절에 오면 먹여주고, 재워주고 돌아갈 때 차비 주거든요. 의식주를 해결해주는 것이 사회복지잖아요. 절에서는 참선하고 또 발효음식 먹고 천천히 움직이고 자기 마음 수행하고. 그 자체가 바로 힐링이잖아요. 그러니까 이런 불교 공부를 해놓으면 세상 사는 게 우스울 때도 있어요. 막 치고받고 울고불고하는 걸 보면.

민경: 그런데 스님, 스님이라는 신분은 얽매이는 것이 많잖아요. 음식도 가려먹어야 하고, 결혼도 못 하고. 근데 또 세속적인 즐거움이 아예 없으면 정신적인 스트레스를 받지 않나요?

민경 씨한테 물어봅시다. 민경 씨한테 지금 제일 세속적인 즐거움이 뭐에요?

민경: 저요? 어⋯허허 그냥 친구들 만나 놀고 수다 떨고⋯

아직 어린 대답을 하시네. 불교에서는 그걸 오욕락. 다섯 가지의 하고자 하는 즐거움이 있어요. 그게 뭐냐면 재산욕, 명예욕, 식욕, 색욕, 수면욕. 이것을 오욕락이라 해요. 이 다섯 가지만 있으면 세상에 부러울 게 없는 거예요. 근데 재산 가지고도 명예 가지려 하다 망한 사람들이 있잖아요. 그다음에 명예 가지고도 재산 가지려다 망한 사람들이 있고. 그다음에 이제 색욕. 성욕이죠? 이것이 가장 남자한테 힘든 거죠. 뭐 문지방 넘을 힘만 있어도 찾는 게 여자라는데. 그다음에 수면욕, 식욕. 안 먹이고 안 재우는 게 가장 큰 고문이라잖아요.

나는 취미생활로 혼자 몰래 영화를 봐요. 영화를 좋아해요. 멀티영화관이잖아요. 한 다섯 개 여섯 개 상영되잖아요. 한번 가면 두 개, 세 개 보고 오고 그래요.

민경: 하루에요?

네. 우리가 뭐 여자 친구가 있는 것도 아니고 술친구가 있는 것도 아니니까요. 영화보고 책 읽고 음악 듣고, 운동하고. 그런 식으로 혼자 있다 보니까 이제는 혼자 있는 게 더 행복해요. 누구하고 같이 있는 것보다. 항상 책을 가지고 다니거든요. 혼자 책 읽고. 또 여행도 혼자 가고. 그때는 변장해서 가죠. 등산복 입고 등산하고 오고.

스님을 대자유인이라 그래요. 자유가 뭐예요. 스스로 자에 말미암을 유자거든요. 스스로 말미암는다는 거예요. 내 인생, 내 마음대로 살아야 되잖아요.

민경: 스님이라는 분은 종교인이고, 그럼 다른 사람들한테 귀감이 되어야 하고, 다른 사람한테 보이는 행동에도 조심하셔야 하잖아요. 그런 부분도 신경을 많이 쓰세요?

신경을 안 쓸 수는 없죠. 거기다 우리가 이제 고등교육을 받고 있는 사람이니까. 율이라는 게 있어요. 계와 율을 합쳐서 계율이라 그러거든요. 계라는 것은 규칙이고 율이라는 것은 행위를 말해요. 규칙이랑 행동을 다 배워요. 걸음걸이라든지, 팔을 휘 젖고 다니지 말라든지, 함부로 남의 집 가지 말라든지, 말할 때 조심하라든지 그런 걸 다 배워요. 우리도 유니폼을 입은 사람들이고 그런 예절들을 배우니까 의식을 안 할 수는 없죠.

민경: 보통 '스님' 하면 좀 대하기 어려울 것 같다는 느낌이 있는데 되게 편안하게 말씀해주시는 것 같아요.

나 같은 경우는 조금 특이할 수가 있어요. 일반 스님들 보면 선방을 다닌다든지 해서 깐깐한 스님들도 있어요. 근데 나는 일반 사람들을 많이 만나는 사람이에요. 포교를 많이 한 사람이고. 어린이 법회까지 한 사람이니까. 나 스스로 보더라도 일반 사람하고 많이 만나는 그런 사람이기 때문에, 좀 편하게 해주려고 노력을 하고 있죠. 처음에 만났는데 딱딱하게 말하면 대화가 안 되지 않겠어요? 또 나도 젊은 사람한테 내 젊었을 때 얘기까지 한 거는 처음이네요.

민경: 아…네… 저도 스님과의 대화는 처음이에요. 엄마가 절에 다니시긴 하지만 저는 안 다니거든요. 사실 작년 정책학개론 수업 종강 날 좋은 말씀 많이 해주셨는데, 저는 내용은 하나도 안 들어오고 스님만 보고 있었거든요. 굉장히 유머러스하시고 말씀도 편하게 해주셔서. 그때 일반사람들이랑 가까우신 분 같다라는 인상을 받았어요.

그때 말했던 게 고집멸도잖아요. 고통은 집착에서 나오고 그 집착을 멸하면 깨달음이 온다고 말했죠. 그래서 여러분들의 정책은 세워놓았냐고 내가 그랬잖아요. 인생의 정책은 세워놓았냐고.

민경: 그때 그 말씀을 지금 들으면 저는 그거를 기억할 것 같은데, 그 당시에는 좋은 말씀들을 제가 담지 못했던 것 같아요.

그러니까 그게 인연이 안 되는 거예요. 백 가지 말을 해도 그것을 다 듣는 사람이 있고, 한두 개만 듣는 사람도 있죠. 그게 이제 내가 절박했을 때, 내가 필요했을 때는 내 것이 되는 것이죠.

민경 씨랑 나도 인연이 돼서 이렇게 다시 만나게 된 거예요. 오늘보다 더 이전에 만날 수 있었는데, 혹은 더 이후에 만날 수 있었는데. 작년에 만날 수 있었는데 그다음 학기에 만나는 이유가 뭐예요.

그게 시절인연이 된 거예요. 시절 인연. 전생에 또 무슨 인연이 있어서 이 많은 학생 중에서, 나는 수업시간에 민경 씨가 있는 것도 몰랐는데 내가 먼저 민경 씨한테 말했던 것도 아니고 민경 씨가 나한테 먼저 다가온 것을 보면 인연인 거잖아요. 그렇죠? 또 내가 거부할 수도 있었는데 받아들인 것도 인연이고.

옛날에 노사연 씨가 재미있는 말을 했어요. 언젠가 내 남편을 만나면 귀싸대기를 때려 버릴 거라고. 늦게 결혼을 했잖아요. 그래서 그거를 들으면서 속으로 진짜 이무송이 귀싸대기를 때렸을까? 그런 생각을 했거든요. 그러니까 이 삶이 얼마나 오묘하고 신기하고 그러냐 말이에요. 그렇지 않아요?

민경: 그러면 결혼 못 한 노처녀나 노총각들은 아직 인연을 못 찾은 건가요? 없는 거는 아니고?

그건 모르죠. 그거는 자기를 깨달아 보든지 나중에 보든지 해야죠. 스님들 보면 오십 살 되어서도 나가는 사람 있어요. 오십 살 되도. 그게 다 인연인 거죠. 그 사람들은 인연이 그렇기 때문에 나간 거겠죠.

'스님과의 인터뷰 전, 종교인은 일반 사람들과 '다른' 사람일 뿐 절대 특별하다 여기지 말자 생각했던 내 스스로가 너무 부끄러워졌다. 중간 중간 물어보시는 스님의 질문에 나는 제대로 된 대답조차 할 수 없었다. 스님은 정말 마음공부를 많이 하신 분이셨다.'

민경: 스님, 사람은 스스로 성장을 할 때에도 기쁨을 느끼잖아요. 저는 오늘 이렇게 스님을 만나 뵙고 집으로 돌아가는 길이 정말 행

복할 거예요. 오늘 하루도 내가 하나를 해냈고 또 많이 배웠단 생각에. 근데 스님께서는 이미 '삶'에 대해서 보통 사람들보다 더 멀리 바라보시고, 완전한 해탈의 경지는 아니더라도 어느 정도 많이 깨우치신 거잖아요. 그렇다면 스님께서도 어떤 성장하는 느낌을 받으실 때가 있으신가요?

우리가 각성, 깨달음 그런 말을 하는데, 깨달았다고 끝나는 게 아니에요. 부처님도 깨달았지만 그 깨달음을 가지고 사십오 년 동안 설법을 하셨던 거죠.

우리 불교에서는 깨달았다는 그 자체를 큰 깨달음으로, 그것을 알아가는 과정은 작은 깨달음이라고 봐요. 부처님의 깨달음은 우주의 진리를 깨달은 거예요. 깨달았기 때문에 팔만대장경 같은 그런 어마어마한 법문은 행할 수 있었던 거죠. 우리가 아는 것은 지식으로 배운 거잖아요. 우리가 유치원부터 대학원까지 배우는 거는 지식이에요. 근데 종교라는 자체는 지혜를 배우는 곳이에요.

나한테도 오늘 만난 민경 씨뿐만 아니라 다니면서 만나는 여러 사람들이 다 공부예요. 그러니까 민경씨도 내가 누구인가를 공부하면서 많은 사람들을 만나요. 지금 굉장히 좋은 공부를 하고 있는 거예요. 일이 아니에요. 엄청나게 좋은 공부를 하고 있는 거예요. 많은 사람을 만나면서 공부가 된다면 그것도 나의 재산이 되는 거죠.

이 삶이, 결혼이 중요한 게 아니고, 애 낳는 게 중요한 게 아니에요. 한번 결혼을 하든 안 하든, 스님이 되든 안 되든 그게 중요한 게 아니에요. 내가 이 삶의 모습에서 뭔가 깨달음을 느껴야 해요. 그럼 이 삶이 또 달라 보일 거예요.

나 같은 경우는 뭘 하더라도 치열하게 투쟁적으로 열심히 하면 되고, 가만히 있으면 안 되는 스타일이에요. 근데 어떤 사람은 보면 가만히 있어도 술술술술 풀리는 사람이 있어요. 그 사람들은 전생에 운을 타고난 사람이에요. 불교에서는 그런 말이 있어요. 과거의 나를 알려면 지금 내 모습을 보면 알 수 있고, 미래의 나를 알려면 현재 내가 하고 있는 꼬라지를 보면 알 수 있다. 지금 행복해요?

민경: 저요? 어… 네.

행복하면 전생에 복을 많이 지은 거예요. 그 다음에 내생(來生)의 나를 알려면 지금 자기가 하고 있는 모습을 보면 되요. 내가 지금 좋은 일을 하고, 봉사를 하고, 착한 일을 하고 죄를 안 지으면 다음 생애 또 좋게 태어난다는 것이죠. 그리고 또 이 삶 속에도 보면 우리가 만났던 두 시 반은 전생이고, 지금 얘기하는 순간은 현생이고, 마치고 집으로 갈 그 시간은 내생이잖아요. 앞으로 사람이 한치 앞도 모르는 사람들인데, 천년만년 살 것처럼 칠렐레 팔렐레 살고 있는 게 이 삶이라는 거죠.

나도 예전에 크게 한번 교통사고가 나면서 좌우명이 바뀌었어요.

민경: 어떻게요?

순간순간 최선을 다하자.

민경: 그전에는 무엇이었는데요?

그때는 그냥 재미있게 살자였어요. 지금도 재미있게 살자도 같이 가지고는 있죠.

민경: 앞으로는 어떻게 살아야겠다는 꿈도 있으세요?

일단 그런 질문을 내 스스로도 해봤어요. 어릴 때부터 절에서 있었는데, 이판 쪽으로 안가고 사판 쪽으로 가는 걸 보니까 부처님 밥값 하라는 뜻이구나. 그래서 이제 스님들 노후 복지나 노인복지나, 절을 이끌어 가는 쪽으로 해가지고 부처님 밥값 열심히 하다가 가면 저승 가서 부처님한테 두드려 맞진 않겠지. 이런 생각이 들어요. 허허허.

민경: 마지막으로 저에게, 또 스님의 이야기를 읽을 분들께 좋은 말씀 한마디만 더 해주시겠어요?

이 세상의 주인공은 나요, 이 삶이라는 드라마의 주인공은 나요, 이 우주의 주체는 나요, 내가 이 삶의 제일 대빵인 거예요.

나로 인해서 이 세상은 모든 게 돌아간다고 생각하면 되요. 그게 지나치면 구제불능이고 공주병이 되는 거지만. 또 민경 씨랑도 어떻게 인연이 되었으니까 앞으로도 사는 게 힘들거나 안 좋은 일이 있을 때는 절에도 오고 그래요. 어머니하고 같이 와도 되고, 와서 통도사도 구경하고.

.

.

.

나를 안다는 것은 마치 뫼비우스의 띠와 같다.
알 듯 모를 듯, 다시 알다가도 모를 듯.
나를 알았다는 착각을 앞으로 다시는 하지 않을 것이다.

꿈을 이루려는 자, 그 무게를 견뎌라.

진짜 꿈이라는 건 직업이라는 이름을 말할 수 없는 거예요.

신촌 세브란스 병원 간호사 서은경

꿈을 이루려는 자, 그 무게를 견뎌라.

드디어 마지막이다.

무작정, 일단 해보자 라는 심정으로 시작한 인터뷰.

제대로 된 계획도 없이 정말 한 발 한 발 내디뎌 왔다.

도중에 흔들린 적도 있었지만 때론 걸어서 때론 뛰어서 이제는 내가 정한 그 끝을 눈앞에 두고 있었다.

인터뷰의 끝이 보였지만 아직 내게 이렇다 할 꿈이 생긴 것은 아니었다. 내가 좋아하는 일이 무엇인지, 나는 앞으로 어떤 직업을 가져야 할지 답을 찾지도 못했다. 하지만 지금까지 여러 사람들을 만나는 과정에서 분명히 깨달은 사실은 있었다.

내가 선택하고, 내가 책임지고, 내 의지대로 방향을 정하는 삶.
그 삶의 즐거움. 도전의 즐거움.

나는 앞으로도 그렇게 살아갈 것이다. 그 맛을 알아버렸기에 이제
는 누군가가 시키는 일만 하는 삶, 현재에 안주하는 삶은 참지 못할
것 같다. 내가 원하는 삶을 살기 위해 분명 감수해야 할 부분도 있
다. 하지만 난 준비가 됐다. 내가 원하는 것의 무게, 그 무게를 견딜
준비가 됐다.

나의 마지막 인터뷰는 내가 살고 싶어 하는 바로 그 삶을 살아가
고 계신 분의 인터뷰이다.

* * *

신촌 세브란스병원 본관 VIP 20층에 위치한 한 조용한 카페에서
나는 그녀를 만났다. 단아한 얼굴과 수수한 원피스 차림의 그녀는 바
로 세브란스병원 중환자실에서 근무하는 서은경 간호사. 중환자실
에서 근무하는 사람이라고는 믿기 어려울 정도로 표정이 밝았다. 얼
굴엔 어떤 슬픔이나 삶에 대한 힘겨움 같은 것은 없었다. 그녀는 따
뜻한 미소를 내게 보여주며 처음의 어색한 분위기를 그녀만의 편안
함으로 없애주었다. 그녀는 아직 어린 나를 배려해 일부로 더 많은
이야기를 해주었고 나는 그런 그녀의 마음에 감동할 수밖에 없었다.

그녀와의 인연은 어쩌면 나의 간절한 바람에 대한 누군가의 선물
인 것 같다.

나는 맨 처음 인터뷰를 계획할 때부터 간호사를 만나고 싶었다. 환자를 그저 또 하나의 일거리가 아닌 인간 대 인간으로 대해주는 간호사야말로 내 책의 주제와 가장 잘 맞는 사람일 것이라고 생각했기 때문이다. 물론 모든 간호사가 환자를 기계적으로 대하는 것은 아닐 테지만 나는 내 경험에 의해 간호사들에게 좋지 않은 편견을 가지고 있었다. 하지만 한편으로는 의사의 그늘에 가려 간호사의 역할과 중요성이 많이 드러나지 않은 것 같아, 그들의 훌륭함에 대해서도 알릴 필요가 있다고 생각했다.

서은경 간호사는 내가 만나고 싶어 하던 간호사의 전형이었다. 어떻게 이런 사람을 만날 수 있었는지 스스로 생각해보아도 신기했다. 정말 물어물어 만나게 된 사람인데, 그 다리 다리가 이어진 것 자체가 놀라울 따름이다. 인연이라는 것은 정말 존재하나 보다.

나의 마지막 이야기, 끝을 향한 마지막 걸음, 그리고 그녀의 이야기가 이제부터 시작된다.

* * *

신촌 세브란스 중환자실에는 누구보다 뜨거운 열정으로 차가운 병동에 따뜻한 온기를 전하는 간호사가 있다. 바로 한국의 나이팅게일 서은경 간호사이다. 서은경 간호사는 올해로 칠 년째 간호사로 일하고 있는 베테랑이자 독실한 기독교인이다. 그녀의 어릴 적 꿈은 직업을 통한 '선교'였기에 의학을 통해 선교를 하고자 간호사가 되었다.

민경: 간호사가 된 계기가 조금 특별하신 것 같아요.

우리나라는 개화기 때 선교사를 통해서 기독교가 들어왔고, 현재는 종교에서 말하는 신을 믿을 것인가 말 것인가를 우리 스스로 결정할 수 있어요. 하지만 개발도상국, 특히 선교사가 들어가지 않아 진리를 접하지 못한 나라 같은 경우는 내가 믿을 것인가 말 것인가를 결정할 수 있는 상황이 아니에요. 그런 결정을 왜 해야 하는지도 모르고요. 그런 곳에 가서 그 지역 사람들에게 복음을 전하고 싶은 어린 마음이 있었어요.

그래서 뭘 해야 되나 고민을 하고 있었던 찰나에, 중2 때 기술 산업 선생님께서 의사나 간호사처럼 전문적인 직업이 없이는 나가서 선교를 할 수가 없을 것이라고 말씀해주셨어요. 선생님 말씀을 듣고 고민을 하다가 의사가 되어야겠다고 결심하게 됐죠.

그래서 고등학교 다니는 동안 공부를 정말 열심히 했어요. 근데 생각보다 성적이 많이 나오진 않아서 수시를 알아보게 되었는데 의대를 쓰기에는 나의 내신이 그렇게 좋은 게 아니었어요. 그렇다고 의대를 포기하자니 꿈을 포기하는 것 같아 안타까웠고, 그래서 무슨 공부를 해야 하나 고민하고 있었는데 간호학과가 눈에 들어왔어요.

그 당시에는 사실 간호사의 이미지가 의사에게 복종하는 모습이었고, 그런 이미지로 사람들 머릿속에 틀처럼 담겨 있었어요. 하지만 전 그런 이미지를 생각하지 않았어요. 오직 내 머릿속에는 의사나 간호사나 의학이라는 전문분야를 공부하는 것이기에 공부를 마치고 나면 내가 생각하는 무엇인가를 할 수 있을 것이라는 생각이 들어서 간호학과를 지원하게 되었어요.

민경: 간호학과에 들어가고 난 후엔 다른 방황이나 고민 같은 거는 없으셨어요?

간호학과에 들어가고서 2학년 1학기까지는 공부를 정말 열심히 했어요. 근데 어느 순간 후회가 되더라고요. 내 젊음을 이렇게 낭비하고 싶지 않다. 이 공부, 내가 원할 때 할 수 있다. 근데 내가 왜 공부만 하면서 나의 젊음을 이렇게 보내야 되는 거지? 공부만 할 게 아니라 다른 내가 하고 싶은 일을 해야겠다고 마음먹게 되었죠.

그 당시 저는 한 교회의 청년부에 소속되어 있었고, 교회 일이 너무 좋았기에 교회봉사를 시작하게 되었어요. 교회 일을 하면서 많은 것을 배웠어요. 사회에 나오기 전, 전 또 다른 작은 사회를 만나고 있었어요. 그곳에서 사람을 만나고 다루는 법, 사람을 설득하는 법, 일 년 예산을 관리하고 기획서 쓰는 법, 행사 홍보하는 법 등, 일반 회사에서 마케팅 부서나 홍보실, 경영지원팀에서 하는 보고서들을 많이 쓰고 봤어요.

2006년에는 교회 청년부 회장이 되었어요. 연 팔천오백만 원에 육박하는 예산을 가지고 청년부 300여 명의 사람들을 섬기는 자리에 서게 된 거예요. 일일이 그 사람들의 의견을 들어주고 그 사람들을 다 만족시키면서 교회 행정적인 일도 하면서 교회 행사도 진행하고. 그 일들이 굉장히 좋았어요. 많이 얻었어요. 공부한 것보다 난 더 많이 얻었다고 생각해요. 그런 자리에 있지 않았으면 내가 여기에 없을 수도 있겠다는 생각이 들더라고요.

그렇게 이 년 동안 학교랑 교회 봉사를 병행하면서 간호학을 공부했어요. 그러면서 이제 내 꿈을 향해 어떤 방향으로 가야 하나 기도를 하게 되었는데 예술치료라는 것이 생각났어요. 제 어렸을 때 꿈이 피아니스트가 되는 것이었거든요. 그래서 음악과 간호학에서 배운 학문을 서로 접목시키면 되겠다는 마음에 예술치료에 대해 알아보기 시작했어요. 하지만 그 길은 제 길이 아니었어요.

민경: 근데 안 맞는다는 건 어떻게 아셨어요?

준비하다 보니 이리저리 막히는 때가 있더라고요. 그 시기를 잘 알아차렸던 것 같아요.

민경: 간호사 자체보다는 간호를 통한 어떤 것이 목표여도 현재 하시는 일은 간호사이시잖아요. 매일 아픈 사람들을 상대하다 보면 정신적으로 좀 피폐해지거나 할 것 같은데… 어떻게 다 견뎌내세요?

병원에서 근무하는 모든 사람들이 그렇겠지만 특히 중환자실은 감정 컨트롤을 잘해야 하는 곳이에요. 위급한 환자들을 봐야 하는 슬픈 감정과 쾌유하는 환자들을 향한 기쁨의 감정이 공존하는 곳이기 때문이죠. 자신의 감정을 이성적으로 컨트롤하지 못하면, 내가 현재 해야 하는 일들을 할 수 없을 정도로 감정 절제선이 와르르 무너져 버려요. 그래서 중환자실에서 근무하는 동안 성격이 많이 변했어요. 예전엔 감성적이고 센서티브한 사람이었는데 지금은 직관적이고 이성적인 사람이 되어 버렸어요. 유전보다 환경이 더 중요하다는 말에 공감이 되더라고요. 그 덕분에 견딜 수 있는 것 같아요.

그리고 저는 건강 상태가 안 좋은 환자분들을 보면 빨리 도와줘야 한다는 마음부터 생기면서 몸은 이미 일을 하고 있더라고요. 중환자실에 근무하면서 위급한 환자분들을 많이 간호해서 그런 것 같기도 하고, 사명감이 생긴 것 같기도 해요. 위급한 환자들을 보면 막 심장이 떨려요. 불안하고 걱정되는 마음에 떨리는 것이 아니라 그 사람을 살리고 싶은 마음으로 가슴이 뛰는 것 같아요.

누가 그런 얘길 했는데, 아 한비야 책이었구나.

"나는 그 일을 하면 가슴이 뛰어요. 생각만 해도 가슴이 떨려요"

저는 어떻게 하면 내가 가고자 하는 길로 갈 수 있을까 하면서 사실 성공계발서를 굉장히 많이 본 사람이에요. 근데 그 가슴이 떨린다는 한비야의 말은 정말 마음에 와 닿았어요.

민경: 저도 그분 책 읽어봤는데 정말 대단하시더라고요. 그 오지에 가서 사람의 생명을 구하는 일이 정말 만만치 않을 텐데 정말 훌륭하다 생각해요. 멋있기도 하고요.

한비야가 낸 책이 아주 베스트셀러가 되면서 재난 복구하는 긴급 구호 전문가가 되고자 하는 학생들이 굉장히 많아졌어요. 사실 제가 지금 병원 일도 하지만 그쪽 관련 공부도 하고 있거든요. 근데 되게 안타까운 건, 사람들이 갖고 있는 허상이에요.

민경: 책 속의 내용이요?

아니요. 책 속의 내용이 아니라, 지금 자기 꿈은 있지만 실제로 그 꿈에 다가갔을 때, 정말 가슴이 떨릴지 아니면 무서워서 피할지는 모른다는 거예요. 왜냐하면 아직 우리 눈앞에 닥친 일이 아니까요. 근데 사람들은 그 멋있어 보이므로 인해서 내 꿈을 그것으로 바꿔버리죠.

한비야씨 정말 멋있죠. 책 속의 내용도 훌륭하고요. 근데 실상은 재난 지역에 가면요, 시체가 막 널려있어요. 몇천 구 몇만 구가 널려있는데, 그 험난한 곳에서 살아있는 사람을 찾아서 그 사람들을 치료해야 되고, 한 생명이라도 살리기 위해서 고군분투해야 되요. 언제 또다시 재난이 터질지 모르는 상황 속에서 무너진 잔해를 들춰가며 사람들을 찾아야 하는데 그 일이 그렇게 아름답지만은 않거든요. 긴급구호를 하는 사람들은 현장에 갔다 오고 나면 일 년 가까이 심리 상담을 해야 돼요. 그곳에서 겪은 심리적 트라우마를 회복하기 위해서 말이죠. 굉장히 피폐해지는 일이에요. 굉장히 고생스러운 일인데. 사람들은 멋있다고 생각해요. 그게 현실이었다면, 아마 멋있다고 생각하지 않을 거예요.

사실 현대사회가 그렇잖아요. 사람들은 세상 사람들이 하는 그런 겉보기 좋아 보이는 것들을 추구하잖아요. 왜 한국 사람들이 명품 좋아하는데요. 왜 좋은 옷 입고 싶어하는데요. 그거 다 남한테 내가 잘나 보이고 좋아 보이고 싶어서 그러는 거잖아요. 남보다 더 나아 보이는 것, 그게 나의 가치관의 기준이 되어서 자꾸만 그렇게 가는 것 같아요.

또 만약에 어떤 성공한 사람의 책이 베스트셀러가 됐어요. 책 속에 담긴 그 사람의 이야기는 되게 멋있어 보이겠죠? 그럼 누군가는 그걸 자기 꿈으로 만들어버려요. 그게 사실은 굉장히 안 좋은 건데.

진짜 자기가 하고 싶은 일을 찾았어야 하는데 말이죠. 근데 그게 왜 그러냐 하면 학생들이 명문대를 가기 위한 공부는 했지만 진짜 자기 꿈에 대한 생각은 안 해봤기 때문이에요. 누군가 멋있는 일을 하면 그게 멋있어 보이는 거죠. 그래서 다른 사람의 이야기를 자신의 꿈으로 만들어버리죠.

'한때, 행정고시 합격을 내 꿈으로 정해버렸던 나의 과거가 부끄러워졌다.'

민경: 가벼운 생각으로, 취직 잘된단 생각으로 사명감 없이 간호사가 되려는 사람들은 병원 들어가면 힘들 것 같아요.

병원에 입사해서 일 년 이내에 그만두는 간호사들 정말 많아요. 사람들은 이렇게 큰 병원, 복지도 좋은 병원, 왜 그만두느냐 하겠지만 그만두는 사람들 정말 많아요. 그만큼 일이 힘들기도 하지만, 신규 간호사들이 아직 준비가 덜 된 상태로 입사하게 되면서 병원 일을 더 힘들어하는 것 같아요.

간호학과 학생들은 병원이라는 틀 안에서 취업을 하기 때문에 다른 과 학생들에 비해 취업 경쟁을 치열하게 하진 않아요. 그러다 보니 공부를 덜 하게 되는 것 같아요. 그래서 병원에 취업하고 나면 많이들 힘들어해요. 학부생 때 병원실습하면서 간호라는 것이 어떤 것인지 확실히 알고 와야 되는데 그러지 않고 오거든요.

간호사는 환자를 직접 간호하는 역할뿐만 아니라 많은 의료 인력 사이의 중재자가 되기도 해요. 결정권자가 되기도 하고요. 예를 들어 의사가 환자에게 사용하면 안 되는 처방을 내렸는데 약사 선생님마저 사용하면 안 된다고 하는 상황이에요. 간호사는 어떻게 해야 할까요? 간호사가 그 상황을 중재해야 되요. 의사에게 상황을 알리고 적절한 조치를 취하도록 해야 되요. 그런데 알렸음에도 불구하고 의사가 계속 사용하길 원한다면 결국엔 간호사가 거부할 수 있어요. 간호사에겐 거부할 수 있는 권리 또한 있거든요. 환자에게 문제가 생기는 것을 막을 수 있는 마지막 의료 인력이니까요. 간호사의 역할이 처방이 나면 그 처방을 수행하는 수행자만은 아니에요.

중환자실엔 보호자가 상주할 수 없고 환자는 의식도 없거니와 호흡 또한 기계가 도와주기 때문에, 환자들의 대소변까지 간호사가 관리해요. 그런데 대소변을 왜 깨끗하게 처리해야 하는지를 모르는 사람이 간호를 하게 되면 그 환자의 피부는 엉망이 되겠죠. 변에는 독성물질이 많잖아요. 그런데 대소변을 치워주지 않으면 엉덩이가 헐어서 심한 사람들은 뼈까지 드러나게 되기도 해요. 또한 대변을 보지 못하는 사람들의 경우는 원활한 장운동을 위해서 관장도 해줘야 해요.
그런 일들을 우리가 해야 되는데, 지식이 얕고 조금 더 사명감이 없이 오는 사람들은 힘들어 안 할래 라고 할 수 있겠죠. 충분히. 왜냐면 더러운 일이잖아요. 내가 내 변 냄새 맡는 것도 싫은데, 하물며 남의 변은.

병원에 들어와서 보니까 병원은 진짜 공부하지 않으면 살아남지 못하는 곳이에요. 사실 면허 시험 보고 난 직후에는 신규간호사의 머릿속엔 간호에 대한 아주 기본적인 영역밖에 들어있지 않아요. 그렇기 때문에 그 내용을 기본으로 실무에 맞춰서 다시 공부를 해야 되요. 교과서에서 배운 내용을 기본으로 계속 변해가는 의료지식을 습득해야 병원에서 환자를 간호 할 수 있거든요.

민경: 간호사도 정말 공부를 많이 해야 하는 직업이네요. 그렇다면 의사와 간호사의 관계는 실제로 어떤가요? 의학드라마 같은데 보면 병원에서 의사와 간호사의 관계가 썩 좋게 나오는 것 같진 않더라고요.

사실 간호사로 근무하면서 의사들이 간호사들을 억압하고 간호사를 자신들의 지위보다 아래에 있는 사람으로 내려다보는 경향이 있다는 것을 많이 느껴요. 외국에서는 간호사와 의사는 동등한 관계로서 환자의 쾌유를 위해서 함께 의논하고 서로의 의견을 존중해주는데, 우리나라는 그렇지 않은 부분이 더 많은 것 같아요. 그래서 간호사가 현장에서 더욱 지식과 상반된 행위를 해야 할 상황에 빠지게 되는 것 같아요.

우리나라에도 간호윤리강령이 있어요. 간호윤리 강령에 따르면 의사가 올바르지 않은 처방을 했을 때 간호사는 거부할 수 있는 권리가 있어요. 우리는 우리 자신을 보호하기 위해서 권리를 행사할 필요가 있어요.

민경: 간호사 스스로 자기를 보호하기 위해서요?

간호사가 왜 자기를 보호할까요?

민경: 실수로부터?

내가 하는 실수? 남이 하는 실수?

민경: 남이 하는 실수?

남이 하는 실수. 나와 환자를 보호하기 위해서는 거부할 수 있어야 해요. 병원이라는 곳은 의사의 처방에 의해서 환자에게 의료행위가 벌어지는 곳이에요. 의사의 판단을 믿고 존중해야 하는 것은 맞지만. 그것이 올바르지 않았을 때에는 간호사가 거부해야 환자의 생명이 위태로워지지 않는 것이죠. 간호사가 거부하지 않고 처방이 행해진다면 환자의 생명은 위태로워질 수 있는 거죠. 의사와 간호사의 관계가 상하관계가 아니라 수평관계였다면 이렇게 간호사가 거부해야 하는 상황이 벌어질까요? 우리나라의 간호사와 의사의 관계가 상하관계라는 편견이 이런 상황을 불러일으킬 수 있어요.

만약 간호사가 의사의 실수였던 처방을 수행했다면 어떻게 되었을까요? 그 처방이 환자에게 돌이킬 수 없는 문제를 불러일으켰다면요. 그래서 그 문제로 재판에 걸린다면 누가 책임질까요?

민경: 둘 다?

예전에는 의사에게 처방권이 있고, 간호사는 수행할 권리만 있다 해서 처방을 잘못 낸 의사한테 법적인 제재들이 가해졌어요. 하지만 2000년도 이후에 난 판례를 보면 그 책임이 간호사에게 간답니다. 간호사가 환자의 가장 마지막 방어선이기 때문에 간호사가 그 처방 수행을 막지 못한다면 환자가 죽을 수 있다. 따라서 그대로 수행한 간호사의 책임이다. 그래서 간호사에게 법적인 제재들이 가해져요.
그렇기 때문에 사실은 이 직업이 굉장히 무서운 직업이에요. 생명을 다루는 직업이다 보니 그만큼 책임의 소재가 분명해야 하고 그 일을 하는 우리들 역시 정말 많이 공부해야 되요.

민경: 그렇게 무서운 직업인데도 간호사를 계속하시는 그 원동력은 뭐에요?

저에겐 비전과 꿈이 있기 때문인 것 같아요. 간호사는 제 꿈으로 가는 하나의 과정이고 제가 그 꿈을 이루기 위해서는 현실적으로 헤쳐나가야 할 상황들이 많아요. 하지만 요즘 간호를 하면서 그런 생각이 들었어요.
  '간호 일을 평생 해도 행복하겠다.'
어차피 여기서 아픈 사람을 치료하는 거나, 의료의 질을 전혀 못 느끼는 사람들에게 가서 의료의 질을 높여주는 일을 하는 거나 제가 생각하기엔 똑같이 보람을 느끼는 일이거든요. 같은 선상에 있는 일이라는 생각이 들어서 간호 일을 하면서 사실 준비는 하고 있지만, 내가 그 길을 개척하는 사람이 될지, 그 길을 개척하는 사람을 따라가는 사람이 될지는 잘 모르겠어요. 그 일을 하더라도 솔직히 간호는 놓고 싶지 않아요.

민경: 간호를 놓지 않고 싶은 마음이 들게 하는 것은 사람을 살렸을 때의 보람인가요?

환자가 쾌차하시면 정말 감사한 일이고 보람을 느끼는 일이에요. 또 돌아가시더라도 정성을 다해서 그분 가시는 길까지 다 도와드리는 게 나의 보람이고. 돌아가신다고 보람을 느끼지 않는 건 아니에요. 우리는 최선을 다했으니까. 최선을 다했을 때 보람을 더 많이 느끼는 것 같아요. 무슨 일이 있던지.

민경: 간호 일이 힘들 텐데 그래도 표정은 되게 밝으세요.

저요? 어… 그냥 힘들다는 생각을 안 해요. 그래서 사람들이 너는 힘든 게 티가 안 나서 큰일이야 라고 얘기하는데, 그거는 사람의 역치에 따른 것 같아요. 저는 웬만하면 힘들다는 소리 안 해요. 지금 임신 중이라 신체적으로 다른 사람들보다 힘든 시기이고, 대학원까지 다니면서 공부하고 있는 것이 일만 할 때보다는 힘들긴 해요. 그렇지만 그게 막 도망가고 싶을 정도로 힘들진 않아요. 이것도 적당한 나의 스트레스라고 생각해요. 적당한 나의 스트레스는 나의 발전에 도움이 되잖아요. 스트레스가 없으면 절대 자기 발전되지 않아요. 저는 그래서 그냥 그러려니 하고 살아요.

요즘 힘들다고 하는 사람들을 보면서 느끼는 건데, 힘들다고 말하는 사람들은 대게 다른 사람들이 하는 말에 굉장히 상처를 받는 것 같아요. 근데 저는 요즘 상처를 안 받는 편이에요. 병원에 와서 성격이 많이 바뀌어서 그런 것 같아요.

민경: 어떻게 바뀌었어요? 왜 상처를 안 받으실 수 있어요?

그 사람이 나를 공격하려고 하는 말이 아니거든요. 업무 때문에 그 사람도 스트레스를 많이 받고 잠을 못자니까 예민해져서 그렇게 하지 않아도 해도 되는 말인데 예쁘게 안 나가는 거죠. 솔직히 말하면 저도 예민해지면 말이 예쁘게 안 나가요. 똑같아요. 여기 병원에 있는 모든 사람들은 사실 다 힘들고 피곤하잖아요. 환자는 아프고 간호사는 간호사대로 업무에 치이고, 의사는 업무에 치이지만 잠도 못자요. 의사는 밤새 콜을 받잖아요. 그런 모습 보면 그 사람도 한 생명을 살리자고 열심히 일하는 건데, 내 스스로 그 부분을 이해하면 상처받지 않게 되는 것 같아요.

내 주변에 적을 만들지 말아요. 그 사람이 내 편이 아닐 수는 있죠. 이 세상에 얼마나 다양한 사람이 있는데 그 사람을 다 나한테 맞추겠어요? 못 맞추거든요. 그러면 내가 거기서 그 사람들과 어울려 살려면 어떻게 살아야 되는가. 그것도 생각해 볼 문제에요. 사람들과 어울리기 위해서 내가 일일이 노력을 해야 되나? 사람들은 진짜 천차만별이잖아요. 그걸 다 맞춘다면 내 인생은? 내 인생은 남아나지 않아요. 나만의 뚜렷한 인생관을 가지고 살되, 나랑 맞으면 같이 어울리는 거고, 나랑 맞지 않는다면 안 어울리면 되는 거예요. 그 사람하고 나하고 적만 안 되게 적당히 지내면 돼요. 그러면 상처 안 받아요.

민경: 지금까지 해주신 말씀 중에 저한테 와 닿는 말들이 정말 많아요. 그렇다면 아까 잠깐 얘기가 나오긴 했는데, 간호사님의 꿈은 정확히 무엇인가요? 간호사님 같은 분은 어떤 꿈을 꾸고 계신 건지 진짜 궁금해요.

저는 간호를 접합한 보건행정시스템을 만들고 싶어요. 그것도 이제 개발도상국에 가서. 그런 일을 하고 싶은데, 그 길을 간 사람도 없거니와, 이 길이 방법이더라고 말해주는 사람도 없었어요. 지금이야 그쪽으로 가려는 사람들을 조금 만났지만, 사실 그렇다고 해서 그 사람들이 정도(正道)는 아니거든요. 저는 신앙인이다 보니까 기도하면서 준비하고 있어요.

개발도상국에 가서 내가 그 나라 사람들의 보건행정 시스템을 만들어주는 것. 근데 내가 직접 만들어주는 걸 원하는 건 아니에요. 제가 꿈꾸는 것은 개발도상국에 있는 사람들에게 내가 하나를 알려주면 그 사람들은 자립적으로 자기들이 필요한 것이 무엇인지, 그 필요한 것에 대해서 시스템을 어떻게 구축할 건지를 고민해서 그 사람들 스스로 자기네 나라를 만드는 것. 시스템을 바꾸는 것. 난 그걸 하고 싶은 거예요.

"복음은 내 삶 속에서 묻어나는 것이다" 가 내 결론이었어요. 내가 선교합니다고 얘기하지 않더라도, 나를 보고 누군가가 저 사람은 왜 저렇게 행복하게 살고, 왜 저 사람만 보면 기분 좋아지고, 저 사람은 왜 다른 사람이랑 달라 보일까? 왜 나랑 다를까? 무엇 때문에 다를까? 그리고 저 사람을 따라가면 뭔가 느낌이 좋아. 왜 그럴까? 그런 거를 몸소 보여주는 사람이 되고 싶어요.

나는 너의 꿈이 뭐니 라고 물어보았을 때, 저는 간호사가 되는 거예요 라고 말한다면 그건 꿈이 아니라고 얘기할 거예요. 그건 꿈이 아니에요. 진짜 꿈 이라는 건 직업이라는 이름을 말할 수 없는 거예요. 자기가 정말 하고 싶은 게 꿈이거든요. 그 누구지 최근에 되게 유명했다가,

민경: 김미경 강사?

예예 김미경 강사도 꿈 얘기 굉장히 많이 했잖아요. 그분이 하는 말이 정말 맞아요. 저는 다 맞는다고 생각해요. 근데 그거를 자기 삶에 어떻게 대입하느냐가 진짜 중요해요.
나는 간호사가 되고 싶어서 간호학과에 온 게 아니에요. 나는 의학이라는 분야를 공부해서 다른 일을 하고 싶었기 때문에 사실은 그 큰 꿈을 향해서 가는 거였어요. 그래서 간호학을 공부했어요.

서은경 간호사는 간호자격증 외에도 세 개의 자격증을 더 가지고 있다. 자신의 꿈을 위해 간호 일을 하면서도 차곡차곡 쌓아놓은 결과이다. 작년에는 보건복지부의 국제 재난구조파견의료인력팀에 들어가 훈련을 받았고, 현재는 우리나라의 원조정책을 감시하는 비정부기구에서도 활동하고 있다. 또한 임신 중임에도 불구하고 연세대 보건대학원에서 수학하고 있으며 재난 관련 학회에 참석하기 위해 전국을 돌아다니고 있다.

내가 조금 공부하고 일하는 것이 이 사회에 이바지가 될 수 있다면 참 좋겠다는 생각을 해요. 커다란 성공은 필요 없는 것 같아요. 그러니까 민경 씨도 본인 마음에 하고 싶은 것, 내가 정말 원하는 것, 그리고 나의 진짜 가치관. 세상 사람들이 가지고 있는 보기 좋은 것, 먹기 좋은 것, 그런 것들 말고. 진짜 내가 원하는 가치관을 찾았으면 좋겠어요. 그런데 사람들이 그걸 못 찾아요. 그래서 결국 다른 사람을 따라가거든요.

민경: 내가 정말 좋아하는 것이 무엇인지 정말 치열하게 고민해야 하나 봐요.

네 맞아요. 정말 치열하게 해야 돼요. 난 정말 치열하게 한 것 같아요. 자기한테 가장 중요한 게 뭔지, 내가 정말 하고 싶은 게 뭔지를 꼭 찾았으면 좋겠어요.

민경: 조급해 하지 않아도 되겠죠?

네. 안 해도 돼요. 늦지 않았어요. 절대 조급해 하지 않아도 돼요. 나는 그렇게 생각해요. '비전'이라는 거를 빨리 캐치할 거였으면 이미 예전에 알았어요. 하지만 미리 안 알려줘요. 내가 고민하고 또 고민하고, 강구하고 책도 읽어보고, 내가 도대체 뭘 하고 싶어 하는 걸까 막 찾아야, 노력을 해야 그거에 대한 진가가 나오는 것 같아요.

나는 되게 커다랗게 하나가 보였어요. 하고 싶은 게 하나 있고, 그 안에서 좁히고, 좁히고 또 좁히고. 나는 그렇게 들어갔거든요. 왜냐면 내가 직업을 선택하는 게 아니잖아요. 본인이 하고 싶은 일을 찾는 거잖아요. 예를 들어, 사회에 이바지하고 싶은가, 아니면 그냥 나의 자산을 축적해서 세계여행을 다니고 싶다던가. 그런 식으로 완전 이렇게 커다란 것을 찾고, 어떤 게 나에게 가장 중요한가를 생각해보고 그 안에서 좁히고 또 좁히고. 지금 나도 사실은 다 좁힌 건 아니에요. 나는 외상과 재난, 그리고 간호가 함께 어우러진 보건 행정 시스템을 만들고 싶어요. 근데 그 모든 것들을 어떻게 융합하느냐가 나한테는 관건인 것 같아요.

나는 내가 하기 싫은 거 하고 싶은 거 안 나눴어요. 어느 길이 진짜 나의 길인지는 아무도 몰라요. 어떤 일이 너무 싫어서 다른 일을 선택했는데 결국은 인생을 10년, 20년 더 산 후에 다시 그 일로 돌아가는 사람을 봤어요. 그런 거 보니까 어떤 일을 좋다 싫다고 제한을 두면 안 되겠더라고요. 제한을 하지 말고 무조건 무한한 가능성을 열어놔요. 무한한 가능성을 열어놓고 어떤 길이 나의 길일지 모르니까 일단 준비를 하되, 내가 어떤 자리에 불려 나가더라도 준비된 자세로 나갈 수 있도록 내가 나를 준비하는 거예요.

예를 들면 영어 공부 같은 경우는 꿈이 없어도 할 수 있는 일이잖아요. 뭔가를 스펙이 아니도 나의 스킬로 쌓는 거예요. 자격증도 누가 안 알려줘요. 자격증을 따기 위해서 내가 다 찾아서 공부한 거예요. 이런 식으로 자기가 자기를 준비하는 거예요.

가만히 앉아서 꿈만 생각할 게 아니고 꿈은 계속 생각하되 몸과 마음은 계속 움직여야 해요. 계속. 가능한 나의 가능성을 크게 열어놓고 최대한 준비를 많이 해놔야 돼요. 나의 보람된, 나의 꿈을 펼칠 수 있는 것을 찾는 게 우리의 관건이잖아요

.

.

.

내가 정한 그 길 끝엔, 새로운 시작이 있었다.

에필로그

목표했던 인터뷰를 다 하고 나니 내게 또 다른 도전이 기다리고 있었다.

글쓰기.

내가 했던 인터뷰 내용을 잘 엮어 내는 것, 나의 이야기를 잘 풀어 내는 것, 그것은 결코 쉬운 일이 아니었다. 한 번도 글을 써본 적이 없는 내게 글쓰기는 인터뷰보다 더 어려운 도전이었다. 노트북 앞에 앉아 나는 과거의 나에게 감정이입을 해야 했으며 지나온 길을 다시 한 번 되짚어봐야 했다. 한번 지나간 시간은 되돌릴 수 없지만 나는 글을 쓰며 지난 일 년을 다시 한 번 살았다. 그때는 미처 보지 못했던 것을 글 속에서는 발견하였고 그때 배운 것들을 글을 쓰며 실천하였다.

혹시라도 내가 인터뷰했던 분들께 누가 될까, 고치고, 고치고 또 고쳤다. 그분들의 소중한 이야기가 형편없는 글솜씨 때문에 빛을 발하지 못할까 두려웠다. 누군가에게 내 글을 평가당할 때면 쥐구멍에라도 숨고 싶은 심정이었고, 이러다 모든 일이 수포로 돌아갈까 겁이 나기도 했다.

그리고 글쓰기가 끝난 지금, 내겐 또 다른 도전이 기다리고 있다.

독자와의 만남.

나는 "스물셋, 그리고 열한 발자국"이 나만의 이야기가 아닌 우리들의 이야기가 되길 바란다. 나와는 상관없는 어떤 머나먼 성공한 사람의 이야기가 아닌 지금의 나도 만들어 갈 수 있는 이야기.

어떤 분은 내게 말했다. "누구나 열심히 살아요. 단순히 열심히 사는 사람들의 이야기가 독자들에게 감동을 주겠어요?"
맞는 말이다. 하지만 나는 분명히 느꼈다. 내게 그런 말을 한 그 사람은 내가 일 년간 만났던 사람들과는 분명 다르다는 것을. 그 사람에게서 나는 아무 감동도 그 어떤 긍정의 에너지도 느낄 수 없다. 정말 작은 차이다. 말 한마디, 행동 하나에 그 사람이 가진 힘이 묻어 나오는 것이고 그 모든 것들이 쌓여 '다른' 내가 되는 것이다.

"스물셋 그리고 열한 발자국" 속 문구 하나라도 독자들의 가슴을 울리기를, 그래서 그들의 삶을 더 행복하게 만드는 데 도움이 되기를 진심으로 소망한다.